写给大自然的情书
荒野游踪

思源垭口岁时记

徐仁修 撰文·摄影

北京大学出版社
PEKING UNIVERSITY PRESS

图书在版编目（CIP）数据

思源垭口岁时记 / 徐仁修撰文、摄影. —北京：北京大学出版社，2014.7
（徐仁修荒野游踪·写给大自然的情书）
ISBN 978-7-301-24147-9

Ⅰ.①思… Ⅱ.①徐… Ⅲ.①散文集—中国—当代②摄影集—中国—现代 Ⅳ.①I267②J421

中国版本图书馆CIP数据核字（2014）第074695号

书　　　名：思源垭口岁时记
著作责任者：徐仁修　撰文·摄影
丛 书 策 划：周雁翎　周志刚
责 任 编 辑：郭　莉
标 准 书 号：ISBN 978-7-301-24147-9/I·2748
出 版 发 行：北京大学出版社
地　　　址：北京市海淀区成府路205号　100871
网　　　站：http://www.pup.cn　新浪官方微博：@北京大学出版社
电 子 信 箱：zyl@pup.pku.edu.cn
电　　　话：邮购部 62752015　发行部 62750672
　　　　　　编辑部 62753056　出版部 62754962
印　刷　者：北京中科印刷有限公司
经　销　者：新华书店
　　　　　　650毫米×980毫米　16开本　10.25印张　119千字
　　　　　　2014年7月第1版　2014年7月第1次印刷
定　　　价：39.00元

未经许可，不得以任何方式复制或抄袭本书之部分或全部内容。
版权所有，侵权必究
举报电话：010-62752024　电子信箱：fd@pup.pku.edu.cn

目 录 CONTENTS

总 序/1
不顾一切地朝建设"经济奇迹"的目标努力后，人们口袋里的钞票不断地增加，同时，我们环境的污染指数也不断增高，而大自然里的生物却快速地减少。

缘 起/3
思源垭口是中央山脉与雪山山脉唯一相连的地方，由于地缘、海拔落差和气候的差异，自然生态极复杂，景观美丽又多变化。

思源垭口位置示意图/5

春 情/7
【惊蛰】【春分】/9
对我来说，春天的来临不是时间概念，而是万物苏醒的状态，是树液流动的声音，是山鸟啁啾的音量，是山风吹在身上柔和的感觉。

【清明】【谷雨】/27
活生生的春林大树，或在煦阳下，或在薄雾内，或在春雨中，在满含花香的山风里，在涧水与山鸟的乐声之间，穿上全新的衣裳，翩翩起舞。

【立夏】【小满】/45
整个山谷由绚烂逐渐趋向平淡，四月多彩的颜色换成一片碧绿与素白两种色系。

夏 郁/53
【芒种】/55
梅雨季常在五月二十日前后降临，大量的雨水使森林日益苍翠茂密，六月的思源垭口全是绿意，亟需许多色彩来点缀这人间仙境。

【夏至】【小暑】/64
梅雨季结束之后，气温慢慢逐日升高，到了六月下旬，初夏的热情在许多花草上展现，而炽烈的蝉声更增添了暑意。

目录 | CONTENTS

【大暑】/76
夏日的炎阳，打一早出现就开始向山谷添火加热，到了近中午，似乎水要开了，水气自谷中蒸腾而上，远山变得朦胧氤氲。

秋 寂/91

【立秋】【白露】/93
当九月中旬，百合花谢了，凄厉的蝉声息止了，雷声渐渐远了，思源垭口进入一种沉寂、几乎静止的状态。

【寒露】【霜降】/101
到了这时节，深绿的树叶已绿到极致，开始反向变化了，叶缘、叶尖在绿中悄然透出微红或浅黄的颜色。

【立冬】/112
这些在春天没有美丽千花来装饰的大树，到了秋天，它们把春天的遗憾，一股脑儿全化做满满一树千千万万片比春花更艳丽的彩叶来宣泄、来补偿。深红、猩红、酒红、鲜红、粉红、朱红、橙黄、金黄、柠檬黄……

【小雪】/120
少年时担心秋的骤然消逝，也许害怕那沉寂而又漫漫的寒冬吧。其实秋日的灿烂，正是生命的回光返照，让一切事物在结束前有一段发光的高潮，好使一切的结束没有遗憾。

冬 息/127

【大雪】/129
当阵阵飞蹿的雾，如急流淹过群树，那排排变幻的树影有如魑魅魍魉若隐若现，然后又倏然消失在急涌而至的浓雾中。

【冬至】/134
有些在春天没有繁花、在秋天也无彩叶的大树，却出人意料的，在它的树叶落尽之后，用一树比春花秋叶更亮丽诱人的果实，来弥补当时的憾恨。

【小寒】【大寒】/144
几乎整个严冬里，思源垭口北向山谷都处在阴湿中，这漫长的湿季正适合那些附生植物的生长。

【立春】【雨水】/153
冬雪化做溶溶春水，有的汇入兰阳溪里，有的流进大甲溪里，下游饮水的人是否知道他们解渴和赖以为生的水来自哪里？

总序

自一九七五年以来，台湾不顾一切地朝建设"经济奇迹"的目标努力后，人们口袋里花花绿绿的钞票不断地增加，同时，我们环境的污染指数也不断增高，而大自然里的生物却快速地减少，萤火虫消失了，泥鳅、蛤蜊、青蛙……不见了，小溪岸、河堤、沟渠、田埂……大都铺上了坚硬、粗暴、丑陋的水泥，美丽、生动的大自然渐离我们而远去，孩子们也越来越少有机会去接近自然、向自然学习，也无法从自然那里得到启示、快乐、感动，儿童最珍贵的想象力也难以得到大自然的滋润，正如一位小朋友说的："台湾的虎姑婆移民去了，因为大人把大树砍光，虎姑婆没有森林可以藏身了……"

为了保留台湾大自然的一线生机，二十年来，我经常上山下海，以纸笔、相机来记录美丽丰饶的宝岛。为了让儿童有机会与能力接触大自然，我也花好多时间去为孩子们演讲，并带领他们到荒野自然去进行观察与体验。我发现这种播种与扎根的工作是真正保护台湾大自然生机的最佳办法，而且效果显著，这些孩子都懂得从一个更宏观、更长远的眼光来反省生活与面对自然。

过去我与许多人曾以环保运动来抵抗那些制造污染、破坏大地的大企业，其结果就像遇见了希腊神话中的九头妖龙——你砍去一个龙头，它会再长出两个头来一样，不但没完没了，还会被套上"环保流氓"的大帽子而难以脱身。但是，这些曾深入荒野、受过大自然感动与启示的孩子，在长大之后，若是成为政府决策官员，他们不会为虎作伥；若是成为企业家，他们早就明白，"违反自然生态的投资"对整个地球、人类而言，是极为亏本、得不偿失的投资。

为了台湾的自然生机，为了孩子们，我在一九九五年创立了荒野保护协会，旨在汇聚更多理念相同，真正爱大自然、爱台湾、爱孩子的有心人士，一起来推动这个观念。此外，我也通过远流出版公司，出版我这二十年来在台湾山野所做的自然观察与体验，一方面为记录，一方面是我与大自然相处的经验传承，更是我在自然深处的沉思与反省。*

如果你阅读这一系列"徐仁修的自然观察与体验"而感到有些心动，请与荒野保护协会联系，你很可能就是那些将影响台湾未来的"荒野讲师"或"荒野解说员"。

---

* 徐仁修先生曾在台湾地区的远流出版公司陆续推出以"徐仁修的自然观察与体验"为主旨的系列图书，它们包括：《猿吼季风林》《自然四记》《仲夏夜探秘》《思源垭口岁时记》《荒野有歌》《动物记事》。这篇总序正是为这些书而写的。

缘起

好多年前一个阴霾、偶尔下着细雨的十二月天,我从宜兰走中横支线行往梨山,经过泰雅族人居住的南山村后不久,山雾渐渐弥漫起来。当种植高山蔬菜的菜园逐渐消失在我身后,左弯右拐的山路旁,出现了幢幢大树的剪影,在时浓时淡的雾中,好似走马灯般地一一呈现。

我把车速放慢到时速十公里左右,只因为这些大树的姿影强烈地吸引我的眼光,在这个住着爱砍树之民的岛上,我很少看到这么多、这么美的巨木,而它们又如此靠近公路。

山路回旋上升,树姿也愈奇。这些少见的大树已差不多落光了叶片,在薄雾中呈现出一种特别的迷离幻境;近处的大树赤裸裸地展现枝干的力与美,远处的则像解去宽大厚重外套,换上半透明薄纱的姑娘,隐约可见她苗条婀娜的身材。我完全不敢相信,这些树就是夏季我打这里经过时,所看见的掩耳遮目的树木。

这段呈之字形爬升的险路,原本令我不悦,因为经常坍方,但现在却使我频频停车,不忍前进。当下我决定对这被人称为"思源垭口"的地区里的树木、森林、野花、野生动物,好好做一番观察与拍摄。就这样,我用三年多的时间,在这方圆几公里内做自然观察，以不同的季节、不同的月份，记录了它的丰饶、美丽与多变。

思源垭口正好是兰阳溪与大甲溪的分水岭，也是百万年来两条溪流互相争夺水源的地方，时至今日，这场争夺有愈演愈烈的趋势。思源垭口不只是分水岭，也是两种气候的分界线，尤其在冬季，垭口的北向是受到东北季风影响的气候形态，经常起雾飘雨，寒冷潮湿，而南向则是晴朗干燥的中部气候。这种气候上明显的差异，也造成垭口两边生长着截然不同的植物。

思源垭口也是中央山脉与雪山山脉唯一相连的地方。由于地缘、海拔落差和气候的差异，自然生态极复杂，景观美丽又多变化。但令人不解的是，这片夹在太鲁阁"国家公园"与雪霸"国家公园"之间的自然胜地，两个"国家公园"却都把它摒弃在外。

我所观察的范围是从跨越米磨登溪的可法桥开始，沿着中横公路蜿蜒上升，越过垭口一公里到思源二号桥，这里也是通往南湖大山的岔路口。这段距离直线约为四公里，公路则曲折达八公里多。海拔高度则从1400米爬升至1950米。

二十多年来，我走遍台湾，还没找到一处可以与思源垭口相比的地方。请读者随我走过这个地区的四季，参访随季节变换容颜的大树，欣赏开在山坡、林缘的各种野花、山果，以及结识这里的原住民——各种野生动物。

这里的草本植物群落变化极大，例如蓝嵌马兰，在一九九二年时，数量尚不多，但到了一九九六年四月，它简直泛滥了，不只路旁坡地多如花坛，在森林底下也像紫火到处蔓延。而原本不少的附地草、繁萎，在一九九五年却寥寥可数。大自然的变化永远难以预料，群落间的消长令人目不暇给，使得我和思源垭口的情缘难分难了……

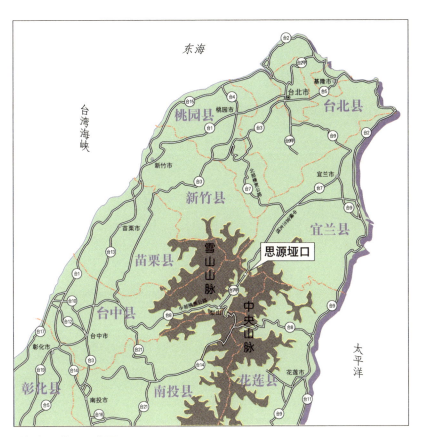

思源垭口位置示意图

每个人都曾经
有一处既熟悉又陌生
时常出现在梦中的场景
走入这本书
思源垭口
将成为你的美丽梦境

春 情

【惊蛰】【春分】/【清明】【谷雨】/【立夏】【小满】

对我来说
春天的来临
不是岁时的概念
而是万物苏醒的状态
是树液流动　芽苞鼓胀
是山鸟突然婉转鸣唱
是灌木上的第一面蜘蛛网
山风不再冰冷袭人
空气中蕴藏着
一股生命蠢蠢欲动的气氛

【惊蛰】【春分】

春天什么时候降临思源垭口是没有一个准儿的,每年来到的时间也都不同,无论阳历、阴历,或者节气,只能作为参考。

在我的记录里,一九八六年的三月初,这里仍然是一片粉妆玉琢的冰雪世界,而一九九一年的二月中旬,却已是山花镶路,大树苗芽。但大多的年份里,二月是春天与冬天玩拔河游戏的月份,一会儿暖得让人脱尽冬衣,一会儿又春寒料峭,使人赶忙又穿起厚裳。

对我来说,春天的来临不是时间概念,而是万物苏醒的状态,是树液流动的声音,是山鸟啁啾的音量,是山风吹在身上柔和的感觉。

在思源垭口,对春天最敏感的要属山菊。这种又被人称为"款乃"的菊科植物,常常在其他植物全然没有动静的时候,已经悄悄地抽长着花苞。这是一个讯号,是春天临近的日子,是大地日记本新翻开的第一页。山菊是日记本上出现的第一个名字,也是大地为了欢迎春天降临而在来路两旁遍插的鲜花。

蜘蛛则是此地原住动物中对春天最先知先觉的一个。正当山菊忙着抽苞开花之际,许许多多的小蜘蛛网,在枯草高茎上开张

左页上图 落尽叶片的大树在飞涌的雾里，有如皮影戏似的忽隐忽现。这是大自然的舞台，好戏才刚要上演。

左页下图 虽然春寒依旧料峭，但小蜘蛛早已不耐久候，在枯草干枝上张起了小小的丝网。虽挽不住满含花香的春风，却搁下了一网春雾凝结的项链。

本页图 山菊是思源垭口最忍不住的春花，往往其他的野草才刚刚有点动静，它已在路边林缘列队开放，是专为欢迎春天来临的迎宾之花。它在4、5月朔果成熟准备飞出种子时，又像开花一般再美丽一次。

了。有时一株枯草上多达十几张小网，好似公寓上无数的天线，胡乱撑挂。此时的气温仍然冻人，寒雾几乎竟日笼罩。我很好奇，这些蜘蛛能网住什么昆虫呢？我常去拜访这些在陆地上撒网的渔翁，我发现它们总是捕捉了满满一网雾凝的珍珠。小蜘蛛用这种只可欣赏不能拥有的美丽，来呼应山菊的迎春。

等到山菊绽放第一朵花，就表示春天的先遣队伍已经来到，火种点着了，然后连夜蔓延开来，由下而上，沿着山路两边迸开花瓣。每天，每一枝花茎上都添增了花朵。这时节大多在三月初，当然，在那所谓暖冬的年份，它会提早到二月中旬或下旬。

三月的风犹有寒意，却不再刺骨，有时还带着冷冷的快感。山菊花愈开愈炽烈。现在花枝因为枝头开了太多花朵而弯曲垂头。山风似乎被山菊烤暖了，寒意渐消，暖意日增，并隐隐有了花的香气。这和风似乎吹动了树液，那些原本枯寂的大树秃枝，现在芽眼、芽苞全胀得鼓鼓的，可以深深感觉到树枝内有什么东西在挣扎，要破皮而出。整个山谷大地蕴涵着一触即发的狂野力量，但我却无法预测它将在何时何处引爆，而我的眼波也因此远近奔驰、迅速流转，导致头晕目眩，有如微醉。就算在浓雾笼罩的山谷，我也能嗅出那一股不安、亢奋的气息。即使在夜里，兴奋的期待也让我不敢也不愿轻易阖眼。可是春眠却像慢慢发作的甜酒，一旦醉去，难以醒转。

往往要等到白耳画眉嘹亮的合唱，成群的红头山雀、冠羽画眉及红山椒鸟轮番在周遭如呼似唤，才能将我叫醒。我匆忙从狭小的营帐里钻出，已经错过圣火点燃的时刻。

许多原本死寂的枯树，一夜间复活过来。在清晨的金色阳光下，但见近处的大树，有的罩在成千累万的小小绿火里，有的沐浴在点点发亮的荧光下，有的掩映在四散的火星中。而远处的大树，有的浑身冒着淡绿轻烟，有的蒸腾着淡赤雾霭。绿火是刚从芽苞中弹开的发亮嫩叶，火星是花芽里弹起的小小花朵。它们是庆贺生命复苏的无数掌声与漫天飞舞的祝贺烟火，在山胡椒、台湾水丝梨、榆树、台湾赤杨、食茱萸、灯台树、榉木、栎树、山胡桃的枝干间。

空气中有着淡淡的花香，似有若无，但又有意无意地撩拨着，加速了春意的荡漾。

通条木光秃秃的枝条，开始挂上了无数的串串淡绿色垂饰，并且逐日将它加长。香榆、青枫、槭树，纷纷在新张的嫩叶柄下，戴上了随风轻摇的耳饰。这些全是等待媒人来到的花朵。

林荫下的七叶一枝花，在可爱的帽顶上系上了金色的环饰，伸长了脖子等待黄蜂媒婆的到来。

高大墨绿的乌心石，浑身开出成千上万朵玉白色的莲形花朵，从高枝直到垂近地面的枝条，而春意似乎是由那低垂的枝条蔓延到较低的褐毛柳，使它一下子冒出了青烟，洒出了阵阵花粉，惹得许多刚睡醒的昆虫在那里钻进钻出。

春意也随着褐毛柳飘落的花粉，传到地面去。那里蓝嵌马兰的紫蓝色花朵好像春火燎原，在路边，在森林底下蔓烧开来。林荫下深沉暗绿的蛇根草，也同时吐出令人眼睛为之一亮的洁白管状花蕊，好似冬树上散落地面的残雪，把林中也映亮了。

春情跟着山风飘过垭口分水岭的南边，那里胡麻花的烟火被点燃而炸射着火球般的桃红花朵。向上散开的香气，点着了笑靥花，那洁白的花朵一如其名，朵朵白花如含笑的面庞。

胡麻花也引燃了附近的虎爪天南星。伸出如传声筒般的佛焰花，它唤起了岩石上大片的喜岩堇菜，开出满地蝶形的小白花，恍如千只粉白蝶停在那里。每当山风吹来，蝶花随风起舞，令人

左图 如枯似亡的大树，表面看来似全无复苏的迹象，其实内部树液早已迅速流动，各个芽苞也已蓄足了能量，只等待引信点燃……

下图 往往是一两天之隔，甚至是一夜之差，原本枯寂的枝条，忽然间弹射出一树如绿火一般的小小新芽新叶。

右页图 乌心石是台湾中低海拔非常珍贵的树种，因此乌心石大树也是最被觊觎的树木之一，目前所剩不多。当早春之际，它开满一树的白花，有如轻雪妆饰的大树……

左页上图　乌心石与玉兰花同属木兰科，所开的花朵也颇近似，只是它的香味极淡。

左页下图　早春犹寒，是食虫鸟食物较缺的季节。褐毛柳落下的花絮有如毛虫一般，把金翼白眉也骗了。

本页图　台湾檫树是台湾特有树种，也是台湾宽尾凤蝶的食草，于秋天落叶。当早春之际，它总先开出离离黄花。花谢之后，它的新叶才会吐出。

上图 七叶一枝花是百合科多年生草本植物,茎单出,叶在顶上轮生,叶数从5至11片不等,以7片较多,花茎由顶抽出,形状奇特。在中药里被用来解毒,可治毒蛇咬伤。

右页图 雾社樱花是台湾特有种樱花,花色雪白,飘逸而出众,其分布范围不广,以南投雾社山区、大甲溪上游的武陵与思源垭口南面较多,族群已越来越少。

虎爪天南星的茎叶可长至一米高，花为佛焰花苞，乍看好像一条挺首昂颈的眼镜蛇。

蛇根草是茜草科的一员，喜欢长在荫下较湿之处，故常出现在中海拔潮湿森林的大树基部，花为白色管状。

目不暇给。

绯寒樱是思源垭口忍不住的春天，就在那些大树刚刚舒展久睡的身子之际，它已开满一树绯红的小花。只是三月的薄雾、烟雨，常常故意遮掩它的轻狂。这时在垭口南向的山谷近胜光的地方，雾社樱花浑身为雪白小花笼罩，在春阳下，胜过一切的颜色。

春天有时来得早，有时来得迟，但三月似乎是她调整脚步的月份。早到时，春暖跟冬寒总会有几场拉锯战，使春前进速度放慢了，而晚到时，她会加快步子，总会在三月末四月初，把春意推向高潮。

三月有如发育中的少女，身材苗条轻盈，举止活泼可爱，每天都有不一样的风情。常常在发上、衣襟上插一朵小花，或在胸前添几个装饰。就是最迟钝的人，也会发觉她一天比一天成熟、动人……

在一个如诗如画的早春晴朗午后，我在思源垭口南向的山谷，沿着胜溪而下，这是大甲溪的最上游。

我轻悄悠闲地走着，然后切入二叶松林临溪的小路，继续往下行去。

突然，我从二叶松的树干间看见两只水鸟在清溪上浮游。我初以为是人养的鸭子，但随之想到这不可能。我又以为是树鸭，因为我听鸟友说过，曾在这一带见过。可是我发现其中一只实在太美了，那鲜红的鸭嘴，就是胭脂也涂不出这样亮丽而不艳的高雅色泽。倏然，"鸳鸯"闪过我的脑海。

就这样，这多年踏破铁鞋都不容易拍到的鸟儿，现在竟然不经意地、突然地邂逅。虽然令我吃惊，却也不意外，像思源垭口一带这样充满灵秀与狂野的山林溪谷，一定有不少的珍禽异兽藏身其间。

　　它们形影不离地在这清幽的山溪悠游,很能让人体会为何那么多的人间男女要"只羡鸳鸯不羡仙"了。可惜,这对情侣对凡夫俗子十分敏感,我不过按了几下快门,这对贤伉俪已顺水浮去,消失在深谷的沉荫里,留下我仍沉浸在那不可思议的相逢里。它们可爱的俏模样、明亮的眼睛、出尘多彩的羽毛,也常常出现在我的梦里,使我的梦充满色彩与惊喜。

左页图 胡麻花是百合科中的小家碧玉,花色从雪白、粉红到桃红,花虽小却相当显眼,尤其是开在野花尚不多的早春,格外讨人喜爱。

左图 阿里山榆是榆科的落叶大乔木,也是先开花后长叶的树种,其花为腋生的聚伞花序,花被钟形,花数众多,使得开花中的大树有如冒着赤霭淡烟一般。

下图 山胡椒是樟科家族中的落叶小乔木,全株皆具芳香气味,先花后叶,但在较低海拔有不落叶者。花小而多,在林中颇为出色。果实为泰雅族人喜爱,用来腌渍而食。

上图　褐毛柳是杨柳科成员，为台湾特有种落叶灌木或小乔木。雌雄异株，花呈荑葇花序排列，有如一条条的毛毛虫。雄花花粉多，飞扬如烟尘。

下图　栖留在台湾的野生鸳鸯多生长在中高海拔的溪流湖泊，数量极少。近年由于越来越多的游客及越开越多的公路，它们在台湾更难生存。著名的鸳鸯湖里的鸳鸯，也在近几年消失了。

【清明】【谷雨】

　　四月，思源垭口的森林是水彩画的。

　　起初是用透明的颜料轻描淡写，接下来改用渲染，画面满含水分，有时还在画面的一角造成流动的效果。有时一阵云雾从谷中涌起，然后沉落散滞林中，形成一种如梦如幻的不真实感。

　　随着春意的加浓，画家改用不透明的水彩颜料，画面逐渐清晰明朗，色彩增多变浓，层次也更见丰富；褐绿、灰绿、青绿、碧绿、翠绿、草绿、淡绿、嫩绿、柠檬绿、银绿、银灰、淡白、粉白、雪白、粉紫、淡紫、淡红、水红……一个有经验的自然观察者，这时可以从树木呈现的颜色来辨认树种。这时节的树木，有的吐芽展叶，有的开花绽蕊，有的两者同时争相涌出。这是森林羽化的季节。我几乎可以看见树木正在膨胀、抽长、变色。常常在一阵浓雾散去时，或经过一夜之后，树木就完全变得使我不敢相认。

　　活生生的春林大树，或在煦阳下，或在薄雾内，或在春雨中，在满含花香的山风里，在涧水与山鸟的乐声之间，穿上全新的衣裳，翩翩起舞。就像大导演黑泽明所拍的《梦》片中的一群桃花精灵，为一个赤子，为一颗小小真诚的心灵，翩然起舞。

红楠、香楠、栎树、柯木、千金榆、山枇杷在枝叶顶上浮出柠檬色、如奶油般的一层细花。浑身嫣红的山樱花以及满身白花的湖北海棠则点缀其间。据植物生态学家吕胜由先生的调查，湖北海棠在整个台湾只有这里才有生长。这种珍稀的树木，在这地形复杂多变的宝岛上，唯独选中垭口一带安身立命、展现风华，正好说明了这思源山谷的灵秀与丽质天生。

始终保持墨绿、深沉、僵硬、近似无情的台湾杜鹃，到了四月中旬，好像吃了迷幻药一般，一反常态，倏然开出了无数由白到粉红的钟形花朵。在春风的唆使下，笑容荡漾，摇曳生姿。

垭口南向的山谷里，也是春情四窜。化香树的花序袅袅升起，而华石楠更挥洒出千万朵如雪球般的白花，在二叶松深绿的枝叶间，好似波涛卷起的浪花。弯腰驼背的老昆栏树，似乎中了爱情的箭，正如西藏神话中那位顽皮的五花箭神，一出生就用爱情箭射中了自己的父亲，使他愈老愈风流一样，这老态龙钟的昆栏树，也挤出一树的花——草绿色、没有花瓣的花，跟它的年纪可说十分相配。

中箭的岂止昆栏树，山茱萸科的台湾青荚叶树，似乎中了更多支爱情之箭，竟然等不及抽枝长梗，将就地在叶片上挤开出淡绿色小花。这种在叶上开的小树，也被人称为"叶长花"，是大自然另一种奇妙的设计。

植物春意荡漾，动物更是春情难忍。原本成群翻飞如彩蝶的红山椒鸟，现在散开各据一棵大树，唱起热烈的情歌。铅色水鸫在溪石、近水的树枝上，更唱得头弯尾张。黑白相间的小剪尾，在春草初绿的溪岸上，用尾巴为自己的情歌打着拍子。

四月里一个温暖的午后，山谷上有四只大冠鹫盘旋鸣叫，声传四野。其中有三只彼此绕圈盘旋，突然其中两只迎面对飞，在

红楠是台湾中低海拔阔叶林最具代表性的树种,它的花苞形色有如红烧猪脚,故民间又称它为猪脚楠。分类上属于樟科的成员。

左页图　四月的森林景色是一幅水彩画，画面满含水分。有时一阵云雾涌起，然后沉落散滞，造成如梦如幻的效果。

上图　这时节的大树，有的吐芽展叶，有的开花绽蕊，有的两种同时争涌出。原本沉寂黯然的林木，现在羽化为多彩多姿又生意盎然的森林。

左页图　湖北海棠原产于华中与华南各省，一九八一年，林木学家吕胜由首次在思源垭口发现，在比对标本之后，认定与湖北海棠为同种，但为台湾新记录种。

上图　湖北海棠属于蔷薇科，花多而美，非常具有观赏价值。在原产地，其嫩叶可作茶叶代用品，果实则用来酿酒。

上图 四月是湖北海棠开花的季节，有时可以延续到五月。入秋之后逐渐落叶，果实也于此时达到红熟。

下图 台湾杜鹃是台湾特有种，分布以中海拔林带为主，是台湾野杜鹃中树形最高大者，大者可长至乔木一般，多生于林脊或陡坡处。

右页图 山菊的种实在四月下旬成熟而张裂，露出将载着种子飞行的雪白丝毛。此时的山菊比它开花时更耀眼美丽。

上图　春雾在林中流躜、撩拨，仿佛间有如大树无法自持而开始起舞弄影。

左图　昆栏树是一种大型常绿乔木，是一种古老的树种，全世界仅一属一种。最特别的是，它没有花瓣（花被）却是虫媒花，而由雌蕊分泌蜜汁来吸引昆虫。它是冰河孑遗植物，仅分布在日本、韩国以及中国台湾，而邻近的中国大陆无分布。

上图 化香树是产于台湾省中、北部中海拔向阳山坡的落叶乔木,属于胡桃科,其果实与树皮富含单宁,可作为黑色染料。

右图 叶长花又名台湾青荚叶,属于山茱萸科,是一种落叶灌木,产于台湾中高海拔的森林里,雌雄异株。花丛生在叶片的中脉上是其最大的特征,所以得名叶长花。

相互接近的刹那,倏然侧飞擦身而过,同时以爪相互攻击。如此数次后,其中一只似乎受了轻伤飞了开去,空中飘着几根鬈曲的绒毛。

后来,未参与绕圈的那一只忽然斜身急下,落入一棵铁杉枝干上,随后那只胜利者也降落在邻近的另一枝条上。一两分钟后,胜利者飞跳过枝丫,来到雌大冠鹫旁,然后跳到她背上,翅膀张得开开地、摇摇摆摆地品尝胜利的果实。

有一天上午,我到七家湾去拍马银花,当时沿河尽是雄铅色水鸫,它们在那里各据一方,用很高频率的声音唱着热烈的情歌。当我走到露营地旁,正好看见一只铅色水鸫站在河边的警告牌上,对着河放声啁啾,当时河边有几个年轻人在戏水,所以那画面似乎变成是铅色水鸫正在大声地叱责年轻人:"如果你们看不懂警告牌的文字,我念给你听。"而牌子上这样写着:"严禁于溪中钓鱼,违者送警所究办。"

在思源垭口的溪涧较平缓的段落,我常遇见白面白鹡鸰三五成群地活动,尤其在南向的山谷,常见它作大波浪状在溪上飞行,边飞边唧唧地鸣叫。四月里,它们成对地分散了,有一对就常在我搭营的溪边砾石间,以小碎步快速地走动。而雄鸟也常立在石块上鸣叫,歌声不再是单调的唧唧声,而隐含着旋律。不久,我看见它们衔草了,然后在一个石洞里筑爱的小

铅色水鸫生活在干净的山区溪涧及其附近,常站立在水边的岩石上,不时地上下抖动扇形尾羽,以溪流上飞动的昆虫为食。体形虽小,鸣声却尖锐刺耳。雄鸟的尾羽为赤红色,雌鸟为黑褐色。

窝。此后我就很少到那附近去，为的是不惊扰它们的春梦。

马鞭兰、根节兰、荚迷、黄精、黄花万年青、溲疏、八角莲、灰木纷纷展瓣吐蕊，再加上浑身是花的乔木、灌木，四月的空气被这些千千万万绽放的花朵所释放的气味与花粉弄得有些黏稠。只有偶尔一阵春兰独特的清香排众飘来，鼻子似乎才得以舒通一会儿。

四月原本是一个愉悦的时光，但是一九九三年的四月却令我悲伤，因为思源垭口的一叶兰在这个月里永远地消失了。

记得一九七三年的四月，我到这里来调查台湾一叶兰的分布情形。我永远不会忘记，在溪涧边乍见山壁上几百朵盛开的一叶兰的情景：几道光柱从摇曳的树枝间射下，在花朵间来回地移动，好似一群华丽贵客正在热烈地跳着华尔兹……

在思源垭口一带，原本生长着极多的一叶兰，但在十几年来的滥采下，现在已经很难看见。一九九一年，我只在大山壁上发现最后的二十几株。一九九三年初春，我亲眼目睹三个中年人，把山壁上最后的一叶兰全部拔走，我竟然找不到一条有关规定可以阻止他们，因为这里既不属于自然保护区，也不在"国家公园"范围内，而我也不是执法人员，只有眼睁睁、心碎地看着他们带着思源垭口的最后几株一叶兰扬长而去。

一九九六年四月，我在路旁的崖壁上，找到一棵稀奇又美丽的喜普鞋兰，这里是这种稀有兰花在台湾分布的最低海拔。

左图 白面白鹡鸰是台湾鹡鸰科中唯一的留鸟,多在河流的中上游活动,以飞扑掠过的昆虫为食,飞行时,呈大波浪方式前进。于暮春之际开始配对,五、六月可以看见幼鸟或亚成鸟与亲鸟一起出现。

左页下图 大冠鹫是台湾猛禽类中体形较大者,也是最常见的猛禽,总在天空一面鸣叫一面盘旋。飞行时,可清楚看见其翼下及尾羽的白色带纹。以蛇、鼠、爬虫类、小鸟等为食物,尤嗜食蛇类,故又名蛇鹰。

下图 红山椒鸟生活在中海拔阔叶林中,色彩亮丽得有如红熟的辣椒,故有山椒鸟之称。雄鸟为朱红色,雌鸟为鲜黄色,飞行时色彩缤纷有如彩蝶飞舞,尤其在秋冬聚群而飞时,常让人眼花缭乱。

左页图 喜普鞋兰分布于中央山脉海拔 2000 至 3000 米的山区，地生草本，属于台湾稀有的兰科植物，数量极少，花形大而特殊，因而被采撷殆尽。

右图 台湾万年青是近年新发现种，也是世界上万年青类植物当中，唯一花色橙黄者，比我们原来从外国引进栽培的园艺种更美。因为是由日本人渡边氏所命名，故有书称之为渡边氏万年青，但我认为以"台湾万年青"或"橙花万年青"更具意义且恰当。

下图 一叶兰原是台湾雾林带中著名的美丽兰花，花形硕大而美丽，极为日本人所喜爱，遂有商人大肆采摘外销，再加上一九五一至一九八一年间雾林带几乎被砍伐一空，一叶兰最后也沦为稀有植物。

上图　蓝嵌马兰是一种低矮匍匐性爵床科植物。这种毫不起眼的小草在孟春竟然开出大而出色的花朵，且是成片成簇有如花坛一般。性喜半遮荫，故常出现在台湾省中海拔森林里，但像思源垭口如此繁茂众多，可就极为罕见。

左图　在台湾共有四种槲寄生，分别是赤柯寄生、柿寄生、台湾赤杨寄生及相思叶寄生。产于思源垭口者为台湾赤杨寄生，果实橙黄美丽，是秋冬雀鸟的重要食物。

【立夏】【小满】

　　四月上旬的思源垭口森林,像一个初长成的姑娘,身材婀娜、回眸带羞。四月中旬则是发芳气香、风情迷人的待嫁姑娘。到了下旬,她成了嘴角含笑、丰满美丽的新娘。

　　过了四月下旬美妙、喜悦的新婚期,思源垭口的大地进入了五月丰盈的少妇岁月。整个山谷由绚烂逐渐趋向平淡,四月多彩的颜色换成一片碧绿与素白两种色系。

　　选在五月开放的野花有附地草、繁蒌、梅花草、小白头翁、假绣球、台湾野蔷薇、溲疏等,全都开出白色系列的花朵。

　　属于紫草科的附地草,是地道的小草,但它们懂得聚多成大的道理。它们总沿着路边的斜坡,呈花坛般开着无数洁白细小的花朵,如初雪似浓霜。它那特殊的气味让每一个路过的人迷惑,因为对大多数的鼻子而言,那是一种全新的体验,让人觉得怪怪的,说不上是香还是臭。

　　繁蒌是石竹科的小花,总在林缘、路旁、树隙间成堆成簇地开着白得刺眼的花朵,像极了寒冬留下的堆堆残雪,正慢慢地融化为滋润森林的春水。

　　梅花草是虎耳草科里最可爱的小花,每届五月就在阴湿的

左图 梅花形的花朵，雪白的花瓣，金黄色的花心，释放着似香似臭的奇怪味道，很能引起嗅觉的好奇。这种属于紫草科的附地草，好像大家同时得到一个讯号而一起开放。花虽小，却因为众多，也在思源垭口争得一席之地。

下图 思源垭口是兰阳溪与大甲溪的分水岭，也是兰阳溪的源头。站在分水岭上往东北望去，兰阳溪沿着中央山脉与雪山山脉所形成的山谷迤逦而下，南山村的屋舍菜园清晰可见，远处河右边的四季村，亦遥遥可望。

上图 四月上旬的思源垭口森林像一个初长成的姑娘,四月中旬是风情迷人的待嫁姑娘,到了下旬则是嘴角含笑的美丽新娘,进入五月是丰盈的少妇。森林由绚烂渐趋平淡,四月多彩的森林,转成一片碧绿。

右图 繁缕是一种蔓生的小草,属石竹科,是一种非常不起眼的林缘小型植物。在中海拔地区,常出现在山路的半荫边坡上,成堆成簇,花朵集中,也达到了引人注意的目的。

山壁上，绽放出一朵朵洁白亮丽的梅花形花朵。这是这片阴沉山壁一年中最光彩的时日。当五月的金色阳光洒在这白色的野花上，朵朵白花如同忽然通电发出亮光来，引人驻足赞叹。尤其在五月，暖风拂来，白花轻摇，常使我眼花缭乱而觉得有些迷惑与晕眩。

思源垭口的梅花草大概是台湾开得最早的，也是海拔分布最低的。通常它分布在海拔2300到3700米之间，但思源垭口的梅花草却生长在海拔1450米左右的地方。在海拔3000米以上的地区，梅花草往往要到七月中旬以后才开放，两地开花的时序相差两个月以上，真是令人难以置信。

早开的小白头翁，疏疏落落地点缀在日益碧绿的路边野草之间，好像呼应着附近势单力弱的假绣球白色的伪花。随着五月的脚步，小白头翁的花愈开愈多，逐渐抢去了假绣球的风采。当它那洁白的花瓣被五月的阳光穿透时，泛着白玉一般温润剔透、令人感动的美。

台湾溲疏在每一条枝叶上，满挂着一盏盏白色的铃铛。虽然五月的雾常在它的枝干间徘徊，溲疏花的美总能透过雾气，吸引许多的雄蜂前来。

台湾野蔷薇是思源垭口五月的森林里最出色的山花，它总不辞辛苦地攀爬到乔木的树冠上，在那里绽放出亮丽、玉白又芳香的千朵白花，常让我误以为那棵大树仍然眷恋着四月做新娘时的娇丽，偶尔躲在一角，偷偷披上出嫁时的婚纱，回味一番。

纵然有这许许多多的白花开放，但在这片碧绿的林海里，白色仍然是绿海中浮现的白沫一般渺小。因此上苍在五月降下特别美的白雾，尤其在梅雨间歇时，常在山谷中形成壮丽的云海，把绿海给淹没了。云海的海面大部分接近垭口的分水岭，把山谷里一些稍矮的山头变成了孤岛，也把连绵的山脉变成了海外仙山般，横在虚无缥缈间。

云海有时出奇的平静，使我认为只要一根浮木就可以登上仙山彼岸。但当它澎湃涌动时，我又觉得即使是一艘想象的巨舰，也无法出港。

有时，云海的海平面骤然上升，泛滥过分水岭，把大地一下子全淹没在茫茫雾中，使视觉完全失去作用。有时云雾就这样终日笼罩，甚至数天不见天日。有时忽然从谷中沿山溪吹来一阵山风，把云雾朝溪谷两边排开，这时森林的一角会乍然呈现，可是常常我还没看清楚，又是一波云雾涌到，填补了方才被排开的雾隙。山风与云雾彼来此去，好像童心未泯的仙人们玩着躲猫猫的游戏。有时谁也不服输，就这样从白天一直玩到深夜，才叫明月把它们赶上床去……

令我最难忘的一次，是我立在垭口的分水岭上欣赏云海，当时海平面就在我的脚下几尺。原来平静的云海突然涌动起来，好像里头将有什么巨兽或怪物要升起。然后从滚滚云浪中，骤然聚了几股白色的激浪，笔直地朝右边的山峰扑涌而去。直近山头之处，浪潮才因山壁的阻挡而飞溅反身落下，使我觉得那是住在思源垭口的众神，正在戏波冲浪。

林木在五月丰沛的雨水中充实茁壮，碧绿的树林逐渐变成六月翠绿的密林。

本页上图 梅花草是一种多年生草本植物，属于虎耳草科。植株虽小，花朵却不小。雪白的花瓣，很能从它立足的阴湿之地凸显出来。花形颇像梅花，故得名梅花草。

本页下图 台湾野蔷薇是一种攀缘的半藤性木本植物，属于蔷薇科。它或攀在小乔木上，或绕在灌木上，或悬挂在山崖上，花多而美丽，盛开时，有如小小的花之瀑布。果实在秋冬成熟，也是野生动物的粮食之一。

通条木是属于旌节花科的落叶小乔木,产于台湾省中低海拔山区,总是先开花后长叶。花絮下垂有如帘饰,整齐而美丽。新叶初长时,嫩红如花,常被误认为花朵。

两种气候型态交界之处,由于空气的干湿不同、冷暖差异而形成一种等高的云层,而从较高之处俯望,就成了云海。台湾几处高山垭口都是容易形成云海的地方,例如思源垭口、合欢垭口、关山垭口等地。

夏 郁

【芒种】/【夏至】/【小暑】/【大暑】

每一棵大树
都撑起翁绿的华盖
好遮挡倾盆的大雨
以及炙人的骄阳
蝶舞翩翩
虫蛇出没
天空电光闪闪
大地雷声隆隆
大自然的活动
在仲夏达到了高峰

【芒种】

　　梅雨季常在五月二十日前后降临,大量的雨水使森林日益苍翠茂密,六月的思源垭口全是绿意,亟需许多色彩来点缀这人间仙境。

　　最先点缀蓊绿六月的,常是令人惊奇的稀有植物——黄花凤仙花。好像不用这样珍稀的植物,无法显示思源垭口的灵秀。那黄色的小花在满含水气的大片绿意里,虽然渺小却相当出色,它吊挂在林荫下的边坡上,好似圣诞灯似的吸引人。

　　菊科的黄菀,在发现黄花凤仙花势单力孤时,立即携着一把一把的黄花来助阵,把深沉的林荫也照亮了几许。

　　属山茱萸科,也称得上稀有植物的灯台树也点亮了。在苍苍密林中,它好像路灯一般耀眼。这非常符合它的名字,花也开得正是时候。对一种原本不甚出色的花来说,挑一个单调的季节,选一段独演的时间,远比在花色上下工夫更来得事半功倍。

　　小白头翁在路旁草间,撑起了更多玲珑如瓷器般的花朵。每当梅雨停歇,阳光穿过云缝射下来,小白头翁的花就像舞台上被聚光灯凝射的主角一般,成为众人眼光的焦点。

　　六月中旬通常是梅雨季结束的时候,虽然出梅的日子有时迟

左图 黄花凤仙花是台湾特有种，只分布于台湾几处特殊地方，喜欢潮湿而又略有阳光的半荫中海拔森林边缘或路旁，常与一些好湿性的草本植物相伴生长。其花模样奇特可爱，花色金黄抢眼，果实具有弹簧状的特殊构造，以弹射种子至远处，是一种有趣又美丽的植物。

下图 灯台树是一种数量不多的常绿大乔木，高可达约30米，分枝多而密，属于山茱萸科，分布于中国及日本，台湾地区只产于中、北部海拔1500至2500米，散生于林中，未见有成片纯林者。

黄菀是一种多年生菊科草本植物,茎直立,高约45至100厘米。它的分布涵盖了欧洲、西伯利亚、中国、韩国及日本。台湾地区的黄菀产于海拔1500至3000米的高山上。

小白头翁为毛茛科成员,为有毒植物,但毒性不强。它可用来治眼翳病、鼻炎,亦可以作为胆道蛔虫、小儿消化道寄生虫的驱虫剂。其花颜为典雅,当种果成熟时,果球迸开露出成团白丝,有如老翁满头的白发,故名。

点儿，有时早些，但是每年相差的时间很少超过一周。出梅时也正是欣赏台湾一种美丽野生兰的时候，它出现在思源垭口北向山谷，海拔1400到1600米间的大树干上，名叫金石斛，是一种30到50厘米高的小草，原本就不引人注意，又因为长在树干上，更少有眼光会落在它身上。但到了此时节，它却开出了一朵朵、一簇簇黄金般夺目的花朵，一下子就吸住了所有路过人的目光。

金石斛最爱立足在那些有横干的大树上，而木荷是人们最容易找到它的乔木。当金石斛盛开时，往往使得大树也生色沾光，甚至让许多人误以为是大树开的花朵。

每次我望着那灿烂夺目的金花，总使我觉得这一个月长的梅雨，全是为了让金石斛可以顺利地绽开这高贵的花朵，也只有这样丰沛的雨水，才能孕育出这样美得令人屏息的兰花。这些朵朵成束成簇的金花，在一片郁绿的大树间，在充满野性、幽深的密林中，像黄昏时山谷里透出小窗的温暖灯光。它的植株与大树相比显得渺小，但它的花朵却如此充满自信，不卑不亢。它让我深深觉得，世间万物的形体虽有大小之分，生命却无贵贱之别。在这茂密的中海拔阔叶林里，我深深体会到了佛陀所云"众生平等，皆有佛性"的含义。

大树上的花意，似乎也感染了攀附在枝条上的台湾羊桃。这种野生猕猴桃现在也开花了，并且还将这罗曼蒂克的情绪沿着那如电线般的细藤枝传了开去，点亮了商陆在它分枝顶上所竖起的桃红色蜡烛，并把这热情烧至圆叶钻地风的枝叶上，在那里惹起它无限的情意，开出一树乳白色的假花。因为圆叶钻地风的真花细如轻烟，难以引虫注目，所以花萼被它刻意打扮成可以吸引昆虫的假花。

这时节，我常在露水未干之前，或溯山溪上爬，或顺溪而下。我很喜欢从溪床上的湿沙地或泥地里，去查探出前一晚野生动物在这里活动的情形。因为它们总会在上面留下一些清晰的脚印，由此我可以知道有哪些动物来过，它们的大小，也可以看出它们是来喝水，或是越溪到对岸去。从足迹我探知的动物有山羌、长鬃山羊、野猪、台湾猕猴、白鼻心、食蟹獴等。

有些动物会在溪边留下排遗，我由此而知晓的有长鬃山羊、台湾猕猴、麝香猫、飞鼠、松鼠等。在溪床上，我也发现过大赤鼯鼠（飞鼠）以及长吻松鼠被鹰、枭猎食后剩下的残躯和尸骨。单从这山溪我们就可以想象得到，这思源垭口有好多的野生动物藏身其间。

上图 金石斛是附生在树干上的兰科植物，花朵为金黄色，故又名金草，或黄花石斛兰。其分布甚广，云南、西康、缅甸以及中南半岛之高山地带。而台湾地区则产于海拔800至1500米的森林树干上。

左图 金石斛不但花形美，花色出众，常被用来作为兰花育种的材料，同时也是相当有名的中药材，可益精健胃，治疗脾及肾脏之疾病。

右上图 台湾羊桃是猕猴桃科的落叶乔木，全株密被锈褐色刚毛，尤以小枝、叶柄最为明显。其原种分布于中国大陆，变种即为台湾羊桃，为台湾地区特有种，产于海拔1300至2600米山区，果实可作为野外求生的食物。

右下图 灯台树的花为顶生的聚伞花序，花小而密，盛开时，整棵树为乳白色的花朵所掩映，别有一番风情。

左页上图　商陆为商陆科多年生大型草本植物，散生于海拔800至1800米的山区，数量不多，根含商陆毒素，故为一有毒植物，但如用量适当，为一甚佳之中药利尿剂，是治疗一般水肿之良药。

左页下图　圆叶钻地风为一种蔓性灌木，属虎耳草科。其花为聚伞花序，花细小不显，而以花萼特化成叶状玉白色，以代替花瓣，为其特色。原种产于中国大陆，变种为台湾特有，分布在海拔1500至2400米之间。

上图　查看动物的排遗也可推知它为何种动物，而检视其中留下的残骸可以侦知它们的食物，尤以食肉兽最为容易，进而可窥知其健康情形。所以检视野生动物的脚印与排遗，是动物学家最常用来研究那些较难直接观察之动物的方法之一。

右图　台湾地区的野生食肉兽极少，大多濒于绝种，且常是夜行性，想瞧见它们十分困难，往往只有从它们留下的足迹来推测其种类与大小。

【夏至】【小暑】

梅雨季结束之后，气温慢慢逐日升高，到了六月下旬，初夏的热情在许多花草上展现，而炽烈的蝉声更增添了暑意。

在四月中才发芽萌叶的通草，现在叶片茁长达到它最大、最翠、最美的时候。一把把的绿伞，由一枝枝斜曲苍劲的长柄，从路旁的树缝间、灌丛中撑起，在初夏骄阳下，呈现出一种刚柔并济、粗细相衬的美。每次欣赏它，我脑中都会浮现侏罗纪时代的树木情景，好似我又回到了那个古老的时代。思源垭口的通草，是我在台湾岛上所见过姿态最美、身材最高大的，总让我忍不住一再把镜头对准它，并猛按快门。

在那树姿优雅的通草旁，或林缘路边，虎耳草科的藤绣球盛开了。它为了增加吸引昆虫的魅力，在那紫红色的细蕊上，插饰了四片白色的花瓣，好像南太平洋群岛上的妇女，喜欢用栀子花插在头发上一样。只是藤绣球所插饰的白色花朵太像蝴蝶了，每次我远远望去，总以为整株灌木上每一簇紫球上都飞舞着几只白蝴蝶。尤其在进入七月盛花高潮期，美得让我以及山蝶都为之迷惑。

在藤绣球的白蝶花翻飞起舞之际，附近的蔓乌头花悄悄顶

通草又名通脱木、通花、花草,属于五加科的小乔木,分布于海拔200至2000米,在低海拔地区为常绿树,在高海拔则为落叶树。树茎内为白色松软之髓心,过去常用来制造假花或作为手工课之材料。

藤绣球为虎耳草科之落叶灌木,紫色者为其真正的两性花,白色者为不孕之瓣状萼假花,可让蝴蝶误认那花上正有许多蝴蝶在吸蜜而赶赴之。藤绣球产于台湾地区中、北部海拔1600至2100米之林缘,数量不丰。

右图 蔓乌头为多年生宿根性草本，茎细而稍带蔓性，属于毛茛科，为有毒植物，是著名的中药材，有强心、镇痛、抗炎等疗效。

下图 蔓乌头为台湾特有种，只生长在台湾北部海拔1700至2100米的山区，喜欢潮湿半阴之处，常成一小群落，其族群数目不多，亦为台湾稀有植物。思源垭口是目前所知蔓乌头较易发现的地方，其花形奇特，极易辨认。

着它的蓝紫色尖头帽出现了。这种特产于台湾北部中海拔山区的毛茛科稀有植物，正是著名的中药——乌草。它具有强心、祛寒、镇痛、抗炎等药效，但在使用上要格外注意剂量，因为它也是一种有毒植物，必须慎重使用，以免病未愈却先中毒。蔓乌头喜欢生长在潮湿的森林边缘、崖侧、路旁，而阳光也稍可照射到的半阴地方，因此它的生育地非常有限。而思源垭口这地理位置特殊、地形复杂又潮湿的北向山谷的几个小地区，正适合它的生长，因此有着台湾最多的蔓乌头。

在初夏艳阳的煎烤下，白头翁的种球熟裂了，在它的上方涌出一头白色的棉絮，望之有如满头白发的老翁。这正是它的名字的由来。每当山风吹过，白头翁的棉絮就会飘起，它载着细小的种子冉冉飘飞，或远或近，飘入初夏的蓝天，或落入斜坡草丛，或新坍塌的土石间。明年，那里就可以看到白头翁的后裔在那处新地上出现。

这时节，一种台湾兰科植物中最高、最壮观的兰花开了，它的名字叫山珊瑚。其实在六月梅雨季末期我已注意到它了。那时它在林间隙地，在灌木、小乔木混生的地带，奋力地苗长着枝茎，全株没有一片绿色叶片。它是种难得一见的奇妙植物，依靠分解已死植物的组织来获取营养，不必靠叶绿素来合成养分，因此连叶片也省了。在植物学上称这种植物为腐生性植物。

山珊瑚所抽长的枝茎也就是它的花轴，它渐长渐高，直到两米左右。然后它由最下方的小枝开始绽放出金黄色的灿烂花朵，就像24K纯金打造的。而最不可思议的是，这一花轴竟可开出多达百朵以上的金花，而且花期长达一个月，甚至一个半月。有时我在八月还能瞄见它最顶的分枝上，仍挂着几朵夏日最后的余晖。

当山珊瑚兰开得金光闪闪之际，属于豆科大树的合欢也迸放出一树桃红色粉扑状的花朵，因此它又名粉扑合欢。这么多而美的天然粉扑，却没有人来利用，只有几只大红纹凤蝶和一些熊蜂在花堆中飞飞停停，进进出出。

这种合欢原产于中国大陆南部以及日本，大约在三百年前，由荷兰人引入台湾地区。这种树在原产地所开的花是白色的，但在久居这个美丽岛之后，它也变得美丽了，好像不这样，就有负于这个美丽之岛。合欢在思源的山谷中数量很少，但因色彩鲜艳，格外受到注目，也导致那些与合欢同时开花的大树，像高山栎、野桐等相对黯然失色。

此时，唯一可以与合欢分庭抗礼的树木，是垭口南向谷地中的小实女贞。这种木犀科的台湾特有树种，个子不高，但一树如烟如雪的白花，在峡谷风吹拂下，有如挥着玉带狂旋的舞者。

暑气逼人的七月天，藤绣球、蔓乌头在北向的谷地愈开愈得意，而在南向的谷地路边，白花香菁、台湾野薄荷，以及台湾藜芦，也在临路的山壁上彼此混杂着，一道开出闹意十足的小花。此时也是这片陡坡一年中最生意盎然的季节。

此处大概是菊科植物的白花香菁，以及百合科的台湾藜芦生长位置海拔最低的地方。通常这两种植物分布在海拔2200米到3600米的山上。但由于思源垭口地形特殊，这些喜爱冷凉的高山植物，也能安身在这海拔只有1900米的地方。这种高材低就的现象，也发生在菊科植物的玉山飞蓬上。通常它被认为只生长在海拔2600米以上，但在思源垭口北向山谷，海拔1900米左右，阳光充足的路旁，能看到一片玉山飞蓬开得笑意盈盈，而它的身高也从高山上的十来厘米，挺拔到二三十厘米，花朵也变大增多。我有充足的理由相信，全台湾最高大、最美丽的

下图 小白头翁的球果在初夏里成熟了,裂露出团团棉絮。每当山风拂过,就带扬一些棉絮,夹着细小的种子,冉冉飘飞,或高或低,或远或近。每一粒种子都是一个希望,一个新的生命……

右页上图 山珊瑚的花朵灿烂有如黄金打造,其开花期长达一至两个月,花朵也往往超过百朵。由于开花与结果耗去太多的养分,山珊瑚无力年年开放。

右页下图 山珊瑚是台湾兰科中最高最壮观的一种,它的花茎可达两米以上,是一种奇妙的植物,没有叶片也没有制造养分的叶绿素,全靠分解已死植物的组织来取得营养,植物学上称这种植物为腐生性植物。

合欢是豆科大乔木，原产于中国大陆南部以及日本，台湾地区的合欢为其变种。它所开的花非常像女人化妆时使用的粉扑，故又名粉扑合欢。

玉山飞蓬，就长在思源垭口。原产北美的白顶飞蓬，近年刚在北台湾驯化为野生种，现在我看见它在这里的路旁恣意地开放，甚至比在它的故乡还美。

从第一朵白顶飞蓬绽放，似乎思源垭口一带的昆虫都接到热情的邀请，流水席从日出开到日落，从初夏第一朵花开，一直延续到夏末最后一朵花谢为止，每一朵花席上都有宾客流连，享受这大自然的飨宴。盛宴有时也是鸿门宴，因为有些花上埋伏着杀手蜘蛛。那些大意的食客、贪吃的老饕，往往又成为蜘蛛的珍肴。

奥妙的大自然，靠着这种相生相克达到物种间的共存共荣。所以我认为，所谓的生存竞争，事实上只存在于生物个体之间，而不存于物种之间。甚至可以说，物种之间通常是互助的，这可以从一个爱斯基摩人的神话来印证：

爱斯基摩人向大神恳求赐予他们能在极地生存下去的食物，于是神给了他们驯鹿。从此，爱斯基摩人靠养驯鹿为生。

当驯鹿愈来愈多时，开始发生了疫病，驯鹿死的死，病的病，鹿群少了，衰弱了。爱斯基摩人再次祈求大神拯救他们的鹿群，慈悲的神派了狼群来帮助爱斯基摩人。狼把病的、弱的鹿吃掉，留下了强壮的，让它们繁殖出强壮的后代，于是驯鹿群又逐渐变强增多了。爱斯基摩人从此衣食无缺，并且以尊敬与感激的态度对待狼群。

从这个故事我们发现，爱斯基摩人非但没有将狼视为残害驯鹿的竞争者，更视它们为神派来帮助他们的恩人。反而是我们这些自视文明的民族，把大自然里许多重要的猎食动物，如老虎、豹子赶尽杀绝。由此看来，我们似乎比被我们视为野蛮的原始民族更缺乏智慧、更不文明……

小实女贞是属于木犀科的小乔木，亦为台湾特有种，产于海拔1300至2600米山区。花为顶生，圆锥状花序。花小近白色，远望如烟之袅袅升起，山风吹过，一树摇曳生姿，别有一番飘逸之美。

上图 白顶飞蓬绽放,思源垭口一带的昆虫都接到了邀约,流水席从日出延续到日落,从初夏直到夏末最后一朵花凋谢为止,每一朵花上随时都有宾客上座。

右图 盛宴有时也是鸿门宴。有些花之餐桌上就埋伏着杀手,大意的食客、贪吃的老饕,有时又成为蜘蛛的佳肴。

【大暑】

　　夏日的炎阳，打一早出现就开始向山谷添火加热，到了近中午，似乎水要开了，水气自谷中蒸腾而上，远山变得朦胧氤氲。

　　到了午后，最轻微的山风也静止了，仿佛在这样的大暑天，它们也需要午睡似的。原本炙热的大地变得闷热起来，有些较大片的树叶、草叶都为之微微下垂而变得憔悴。山谷上空突然移来一大片墨黑的云块，像锅盖般盖住山谷，谷中一下子暗了下来，湿度急遽地上升，令人身心不爽。空气透着一种凝聚、一种不安的气氛，不久，这不安在一道强烈闪光中炸了开来，霹雳之声震撼着整个山谷，雷声在山谷中回来荡去，震耳欲聋。等雷电扫平一切的不满，大雨也就倾盆而下。

　　只要雨水一落，先前所有的酝酿都发酵成酒。在雷电交加中，大地豪饮着天酒，整个山谷一下子沐在天河水泻里。小草弯腰，大树低头，水之蛇向下窜流。这种大雨，有时仅仅几十分钟就过去了，那时，水洗过的山谷，一片蓊绿，空气清新，只有山涧的流水增加了不少水量。有时这种大雨持续几个小时，这陡峭的水源之地就会有些地方坍方，或者有些树枝被扯裂，或大树垮落崖下。

一九九二年八月下旬那一场整夜的大雨，使得公路到处坍塌，土石崩落，山洪把武陵农场的堤防整个冲毁，把百分之九十以上的樱花钩吻鲑冲走了……

充满热能的盛夏阳光，以及饱满的水气，为思源垭口所有的绿色植物注入丰富的能量，累积了变化的能力。这时，许多美味的野果黄熟了，尤以悬钩子类最为诱人。

以思源垭口分水岭为界，向南那一边的岩壁斜坡上，无数熟透的玉山悬钩子，遍地皆是黄澄澄、晶莹剔透的可口颜色，令人垂涎。我看到山鼠、白头翁、白环鹦嘴鹎、五色鸟、绿鸠来享用这天粮。但天粮数量实在太多了，好多因熟落而干瘪，因此我也接受了邀请，参与这一年中最盛大的宴席。

每天有那么多新熟的，在野生动物享用后所剩又如此之多，最后我收集了剩余中的一部分，用它制作了全世界唯一的玉山悬钩子果酱，分享给我那些沦落都市的朋友。这充满野性的果子，我深信可以让他们暂时摆脱文明病一阵子。

真的，每次我用这浓浓的果酱拌饭吃，总觉得我吸收了思源垭口的野性与灵气，全身因而充沛了无可言喻的喜悦与生命力。总之，玉山悬钩子营养了我的灵魂，丰富了我的生命。

当玉山悬钩子丰熟达到了顶峰之际，在垭口北面的谷地里，有数种悬钩子也相继黄熟了，像红梅消、变叶悬钩子、毛悬钩子、台东悬钩子……也纷纷熟透。它们在林隙或灌木间伸出挂着橘色、樱桃色、红苹果色果实的枝条。这些如饰灯般的野果，在仲夏的郁绿中，让人眼睛为之一亮。我看过台湾猕猴、赤腹松鼠、高山白腹鼠、绿绣眼、冠羽画眉、青背山雀……来品尝它。

仲夏里，在思源垭口我常遇见的野生动物是两栖爬虫类，也就是蛙、蜥蜴以及蛇。

左图　台湾各种的悬钩子种类甚多，大致都在暑夏成熟，不但宜于生食，量多时还可以制成果酱。这种果酱的滋味远比市场上的滋养，它不只满足我的味觉，还丰富了我的想象力。

下图　玉山悬钩子是一种匍匐性半灌木多年生蔷薇科植物，分布在海拔1800米以上的高山地区，果实从仲夏开始次第成熟，味美多汁，是不可多得的高山野果。

先说蛙吧。这些有良好保护色、白天隐藏夜间活动的两栖类，我凭它们的鸣声可以知道它们的种类。在这山谷有梭德氏蛙、斯文豪氏蛙、拉都希氏蛙、艾氏树蛙、莫氏树蛙。此外，尚有盘谷蟾蜍，它是唯一不必靠听音辨位就可以找到的两栖类。

在这些蛙类中，我最喜欢的是莫氏树蛙，因为我常常跟它们玩游戏。它们常躲藏在枯叶腐草中或石块下鸣叫，尤其是太阳下山后，它们似轻铃般的串串鸣声，从地面，这里那里，不断地传出。那带着共鸣的叫声，令人非常不易判断它们躲在哪里，所以我常常跟它们玩听音辨位的游戏。后来我被莫氏树蛙训练得几乎万无一失。有一次，我故意让一位随我前来的朋友去玩这种游戏，等他玩到累得投降时，我就表演一下我的功夫。我会在一片有许多石块露头的湿地上，准确地搬起一块石头，然后一只正鼓着鸣囊歌唱的莫氏树蛙出现了……

有一次我准确地翻开一块石头，与那只躲在底下的公蛙打了照面（只有雄的蛙会鸣叫），然后又轻轻把石块摆回原处。一星期后，我再拿开那块石头，发现底下多了一大包的泡沫与蛙卵。这显然是前一两天，这只雄蛙的歌声吸引了一只雌蛙来到，然后它们结了露水姻缘。产下一堆蛙卵后，雌蛙就走了，留下雄蛙继续照顾幼卵，这叫做"护卵"，雄蛙要一直护到这些卵变成蝌蚪为止。

蜥蜴类也是我常遇见的动物，以滑蜥、雪山草蜥以及攀木蜥蜴较为常见。其中有一只雌的短肢攀木蜥蜴，留给我一次难以忘怀的经验。

一个仲夏的早晨，我在路旁的山壁上，发现一只淡绿色雌的短肢攀木蜥蜴正在行日光浴。蜥蜴类非常喜爱日光浴，用来增加它的活动力。

上图 莫氏树蛙是台湾分布较广的树蛙类，从平地一直到海拔2000米的山地都有它的踪迹。

右图 梭德氏蛙是一种中型的赤蛙类，多出现在溪水干净的中上游地区，耐寒性强，在已经十一月秋寒的有胜溪边，我仍然发现不少梭德氏蛙在那里活动。

莫氏树蛙相当耐寒,即使在很冷的一、二月,也可以发现它正在产卵。在海拔较高的地方则要到三、四月,它们才开始求偶生产。通常雄蛙躲在石块下鸣唱情歌,我们无法用眼睛找到它们。

我却可以靠"听音辨位"找到它。

雄蛙把雌蛙吸引过来交尾,之后雌蛙离去,雄蛙则留下护卵。

因为短肢攀木蜥蜴数量不多，也算得上动物，所以我就有点"人类沙文主义"，没有经过它的允许就靠近去拍照。它似乎因为有孕在身，脾气变得特别不好，完全不是我春天时看见它温柔的模样，我一接近，它就张嘴露牙威胁我。它个子既小又没有毒液，我当然不会把它的威吓放在眼里，分由几个角度来拍摄它龇牙咧嘴的凶相。

拍摄结束时，我看它始终不肯闭口，实在不雅，就想与它开个玩笑。我张大了嘴巴露着牙靠近它的嘴，想让它知道，我嘴巴比它大得多，牙齿也粗得可以。我还用自拍器拍下了这有趣的纪念照。

当快门刚刚停止，它突然一跃而起展开了攻击，用它那两排细而多的小牙齿，一口咬住我的鼻翼。我吃了一惊，猛甩头部，把它甩开，但它的小利齿就在我左鼻翼上留下一道血痕。

这位蜥蜴类中的女辛巴达，最后把巨人打退了。我想我是全世界唯一被母攀蜥咬出血的人，虽然有些丢脸，却足可上吉尼斯纪录了。

思源垭口的蛇类是我所知台湾蛇的种类最多的地方，除了那些中海拔的蛇，像台湾赤链蛇、红竹蛇、斜尾花鳞蛇、黑头蛇、标蛇之外，一些低海拔的蛇，像锦蛇、臭青公、赤尾鲐、游蛇、龟壳花等，在这里也都打过照面。通常在高海拔山区活动的菊池氏龟壳花，在这里也不难见到。即使非常稀少的高砂蛇，也有人在此捕获。

思源垭口的珍稀昆虫也令人刮目相待，例如台湾长臂金龟，我曾在一棵红楠树上见到十几只聚集在那里吸食树液，也曾见过两只雄长臂金龟为了争夺配偶而打架。

在这里我也见过台湾的珍宝蝴蝶——阔尾凤蝶翩飞过森林，

见到这只短肢攀木蜥蜴张嘴露牙威胁我,我便与它开个玩笑,并拍下了这有趣的瞬间。

也拍过学者无法鉴定的奇怪毛虫,它的背毛会分别聚成一排如树干的刺瘤,使人不易发觉它。我只知道它属于枯叶蛾类,可能是一新发现种。

一九九二年,一位台湾的高山向导,带引一位日本动物标本采集者,在思源垭口捉走了一条长达190厘米的蚯蚓。这大概是台湾最大最长的一条,也可能是世界上最大的。向导的贪图小利与无知,加上台湾无适当的保护性规定,使得许多难得一见的野生动物被卖到日本去。最讽刺的是,日本为了保护野生兰以免在原产地绝种,特别立法保护,其中就有针对台湾许多珍稀兰花而立的法,这实在让我们羞愧啊。

上图、右图 短肢攀木蜥蜴是标准的变色龙。它会随着环境而变色,通常为绿色配上栗色斑纹,但如停在深色的石块上,它的体色会在十几秒间变成近似石块的色纹。

左上图 台湾赤链蛇是生活在海拔1500米以上的高山蛇类,属无毒的黄颔蛇科,但有后沟牙,能分泌一种麻醉猎物的化学液。

左下图 高砂蛇,又称玉斑锦蛇,属黄颔蛇科,无毒,体色鲜艳,生活在中高海拔山区,数量稀少,野外难得看见。

右页图 大青红缘叩头虫是一种泛着金属光泽的美丽甲虫,有朱红色镶在胸背两侧,甚易辨认。野外数量不多,有假死的习性,翻转使其仰躺时,可以利用胸上之弹针实现弹跳并翻转身躯。

左上图 长臂金龟为台湾最大型的甲虫之一,雄虫比雌虫大,且前臂特别长,故得名。产于台湾地区中低海拔原始阔叶林中,但因近年原始阔叶林被严重砍伐,此虫也愈来愈少,是一种稀有昆虫。

右上图 枯叶蛾类的毛毛虫体形都相当硕大,而身上长着一撮撮的毒毛也令人敬而远之。我在思源垭口发现一条枯叶蛾类的毛虫,竟然可以利用身上刚毛的聚拢,伪装成树枝的瘤刺,以此不让敌人发现它的踪迹。

秋 寂

【立秋】【白露】／【寒露】【霜降】／【立冬】／【小雪】

在两极端之间
总有一段美好的缓冲
秋　正是这样可爱的季节
让溽暑过渡到寒冬
黄叶取代了春花临风
离叶替换了落花缤纷
艳丽的东方地毯
就在彩叶渐稀的树下织成
种子已经饱满
果实亦已熟透
生命到了最高潮　没有憾恨

【立秋】【白露】

六月里曾被金石榴的金花所装饰过的大树——木荷,现在用银花来打扮自己,开满了一树黄蕊白瓣的花朵。这是思源垭口的森林为仲夏特别的献花。接着,大枝挂绣球在它的藤枝上挂满了白花,把它攀爬的大树装扮得靓丽起来。野百合在路旁撑起了洁白的喇叭,似乎在广播着什么福音。山油点草也开了,好像一盏盏紫色的油灯。这些都是盛夏特别的信号。

溽夏在午后隆隆雷声渐歇后,开始收拾它的行囊。

当九月中旬,百合花谢了,凄厉的蝉声息止了,雷声渐渐远了,思源垭口进入一种沉寂、几乎静止的状态。森林绿得深沉,叶片因为吸足了夏日的阳光和雨水,变得厚重而有些瘫垂。但我能感觉到,森林似乎是在酝酿着某种变化前的沉寂,就像暴风雨前出奇的宁静。

一个寂静墨黑的晚上,我在思源垭口的小溪边扎营过夜。潺潺水声是唯一的乐声,几只明亮的流萤,替代了被云块遮住的星光。我沿着小溪进行夜间的拍摄,直到午夜才回到营地。我生起了火,掬水煮茶。这是我在野外工作期间,最轻松享受的一件事。通常,我在台湾各地山野来去,只要遇见清澈的溪流涧水,我总会停歇下来，在溪涧边掬水煮茶，或者埋锅造饭，甚至搭营过夜。这是我多年与大自然相处中所学习到的一点点智慧吧。

多少时候，大自然把一整条优美的野溪、山涧分享与我，我却常因为赶着匆促的脚步，以致视而不见，听而不闻，无法深入领会大自然表相里更深沉的灵性与优美。一直到我走过半生急急忙忙的岁月，才学会了怀着感激与喜悦的心情，悠闲地度过与大自然相处的时光，享受那不可言喻的愉悦。而这正是我从事自然生态保护工作，大自然给我最大、最珍贵的回馈。

这九月下旬的深夜溪畔，空气中满含着森林的气息，混着壶里飘出的茶香，给我无限的快慰。正当我陶醉在这愉悦以及略感孤独的快感中，突然小溪对岸的林缘爆出一声闷雷般的巨吼，让我心惊了一下。

我很快地断定这是一种野兽的吼声，但我不敢确定是什么野兽，只有野猪、水鹿、熊才能发出如此巨大的吼声。野猪的咆哮声我很熟悉，在菲律宾，在印尼，我跟它们有过很多接触的经验。这吼声一点也不像。水鹿在入秋时，会因争配偶而嘶鸣，但嗥声较长，常一声接一声。因此，我判断这是台湾黑熊的吼叫。

台湾黑熊是台湾地区山野中唯一对人还有一点威胁的野兽。我点燃了白天准备的干柴，一堆发光的篝火，多少可以阻止黑熊的靠近。另一方面，我也准备了探照灯，以及我的夜间摄影装备，如果黑熊出现，我希望有机会为它拍一张玉照。

在与第一次吼声相隔约十分钟左右，第二次吼声又传了过来，这次距离又近了一些。就这样，每隔几分钟就会传来一次吼声，而我也能静心聆听它发出的声音。

我觉得这是一只尚未成年的顽皮熊，因为吼声中仍有一些稚音，甚至是一种呼唤，那声音虽大，却可以听出它带有一点悲凉的味道。难道它是刚被母熊逐离身边的那种快长大了的小熊？还是它失去了母亲而到处寻母，到处呼唤？从它吼声传出的位置，我发现它似乎绕着我的营帐行走。有一次，我察觉吼声非常近，我冒险带着探照灯迎了上去。我想证明一下自己的判断力。

在探照灯强力的光束下，我看到一团黑影极快地隐入密林中。我的猜测没错，是一只半大不大的台湾黑熊。

后来天空飘起了雨丝，这是一种地形雨。不久雨点变得稍大了，我钻进睡袋里，却久久不能入睡。淅沥的雨声中，还是每隔七八分钟会传来小熊的吼叫。我并不担心它会来打扰我，因为我这里并没有吸引熊的食物，我是个素食主义者，营帐里只有米、豆与一些蔬菜。这些都不能吸引黑熊，如果有鱼、肉、蛋等食物就有此可能了。若遇此情形，我会劝山友把这些食物挂到附近的树上去，免得惹祸上身。

在雨声中，小黑熊的吼叫听来格外悲凉。是否它感受到身为黑熊一族的绝望呢？那感伤满含着高地初秋的寒意，直入我心，使我难过得辗转难眠……

后来那悲鸣渐去渐远，只留下思源垭口无边的雨声。我希望它能远离思源垭口，进入更深的山里，最好进入"国家公园"里。这里离公路太近了，公路上时时有人类飞驰而过，其中不乏无知、贪婪又心狠者。这种人看见黑熊就会想到熊胆、熊掌以及一堆花花绿绿的钞票。

常遇到一些人问我："一个人在荒山野岭跑来跑去，不怕危险吗？野兽、毒蛇、毒蜂、山洪……"我倒觉得都市丛林更可怕，到处是会致人于死伤的汽车、摩托车、火灾……其中还夹藏着可怕的人兽，他们比任何一种猛兽都让我害怕，因为我不知道他们在想什么，而我却知道野兽的生态习性，知道怎样与它们和平共处。

左图 每当遇到优美的山溪，我总要停下来享受它的美好，或掬水煮茶，或埋锅造饭，甚至扎营过夜。我们为什么要过得匆匆忙忙呢？我们太注重身体的进补，忘了灵性更需要滋润。身体迟早会毁坏，灵性的开发，却可以让我们跟永恒相连。

下图 思源垭口上的小溪，流着从森林释放出来的矿泉之水。水质干净甜美，还满含着森林的芬多精，不但能解渴生津，还能滋润心灵。可是一旦流经高冷地蔬菜园，它就被肥料、农药污染了，被人类的贪婪弄脏了。

右页图 木荷是一种高大的常绿乔木，是一种非常优良的家具用材，色红而质地紧密耐久，无虫蛀之虞。树皮含有毒性的生物碱晶体，可毒鱼。

左页上图　木荷又名荷树、桩木，属于山茶科，花大而美。中海拔之木荷于夏末开花，花谢时也就进入初秋了。

左页下图　威氏虎头蜂是台湾六种虎头蜂中，生活海拔最高的一种，在海拔1400至2500米间可以看见它们巨大的蜂巢，高高挂在树梢上。

下图　寒露已至，深绿的树叶已绿到极致，开始反向变化了，许多敏感的落叶树种悄悄变色换装了……

立秋之际，思源垭口的森林进入一种沉寂、几乎静止的状态。森林绿得深沉，叶片厚重而有些瘫垂，但我能感觉得到，森林似乎是在酝酿着某种变化前的沉寂。

【寒露】【霜降】

十月，云、雾、雨水都突然地从垭口失踪了，空气干爽剔透，天空湛蓝，远山清明，阳光分外灿烂。白昼虽比盛夏短了，但阳光照射的时间反而长了，因为夏季的午后要不是倾盆大雨，就是云雾蒸腾不见阳光。大气层中少了湿气的过滤，紫外线无遮拦地射到皮肤上，格外炙人，秋老虎的威力在高地上，会让裸露的皮肤留下深刻的记忆。

没有了云雾，白天地面累积的高温，在日落之后，急速地辐射散发到晴朗的高空去，地面变得冰冷冻人，日夜温差逐日加大，往往达到二十几度。十月底，下午三点的气温是29℃，但到了第二天凌晨三点时，我测得−3℃，日夜相差竟达32℃。那天早晨，草上结了一层薄霜。这使我想起新疆的气象谚语："朝穿皮袄午穿纱，抱着火炉吃西瓜。"这也适用于台湾地区的秋冬高山晴日。

到了这时节，深绿的树叶已绿到极致，开始反向变化了，叶缘、叶尖在绿中悄然透出微红或浅黄的颜色。许多树木的种子、果实，也已胀到了饱满下垂的状态。对野生动物来说，正是丰盈的秋实黄熟了，而我只要守着结满子实的大树，自会有各种鸟类来供我欣赏或拍照。

台湾山胡桃的果实率先登场，它一成熟就陆续掉落地面，但它的核壳太硬，只有白面鼯鼠与大赤鼯鼠可以咬开外壳，取食核仁。但这两种飞鼠被猎得所剩不多，因此许多大山胡桃树下，总有许多落果可拾。我捡了一小袋做我的宵夜。我用修车的钳子压开核壳，然后用篝火的红烬把胡桃仁烤得香气四溢，伴着以高山流下的溪水煮的茶，慢慢享用，愉快地度过寒冻又漫漫的秋夜。

当山胡桃果还未落尽，大叶柯的栎实也成熟了。白天里，松鼠、台湾猕猴前来采食，夜里则是飞鼠。我几番想拍这些哺乳类野生动物，都因为它们被猎人追杀得非常胆怯而难以接近。此外，林木又如此茂密，光线变得十分暗，以致功败垂成。

有一晚，一只大赤鼯鼠来到我营地不远的树上，我胡乱地拍了一张，巧的是刚好把它的微红色眼睛反光拍下来。通常在夜里，这颜色用来区分它与白面鼯鼠，因为后者的眼睛反光呈淡蓝色。

在享用过山胡桃的美味后，我改去捡拾猕猴遗落地面的大叶柯栎实。用炭火烤了之后，味道一点也不输给天津栗子，还多了一分思源垭口的野性呢。

食茱萸种子也熟得乌亮了，许多山鸟都来品尝这有特殊气味的种子，我看见过花雀、黄腹琉璃鸟、绿鸠、珠颈斑鸠等。其中，绿鸠是最常光临的食客，一来就是一大群，少则十几只，多则二十几只。有一次我站在一棵大食茱萸底下，正巧飞落一群绿鸠在树顶啄食，啄落的种子如雨滴般打在我身上，空气中则充斥着浓烈的特殊气味。我想，食茱萸种子成熟期间，一定连鸟粪都充满它的味道吧。

秋天里，一日夜幕初垂时，我听见离我营地不甚远的树林中，传来一种低沉的哨声，那种声音好像村童用双掌相抱所吹出

山胡桃产于台湾地区中央山脉海拔600至2200米的山区,是属于胡桃科的落叶大乔木,雌雄异花,雄花先开,呈菜黄花序,雌花为总状花序。其材质坚硬,是供制器具的好材料。

左上图　山胡桃的果核极为坚硬，可作饰物及工艺雕刻，其内之种仁可食，营养成分甚高。但只有松鼠、飞鼠等长有利齿的动物才啃得开来取食。

右上图　大叶柯的种实颇大，营养可口，是野生动物重要的食物。

下图　大赤鼯鼠是台湾最常见的飞鼠，分布于从海拔100米至2500米间的原始阔叶林。它为夜行性动物，日落后出巢，日出前回洞，以树洞为巢。

的低鸣，"呜—哇—呜—"。这低沉的声音似乎应和着溪对岸密林中黄嘴角鸮的怪叫。这两种鸣声有如山林鬼怪间彼此的遥唤，在夜色苍茫中听来，格外恐怖。

一直到第二年早春的一个清晨，我瞧见一只绿鸠，站在山胡桃犹秃的枝条上发着这怪声，我方才知道是它在去年秋天吓了我一跳。

许多雀鸟在松果间逐户拜访，其中有一种鸟特别引我注意，那是茶腹䴓(shī)。

平常，我经常看见这种以小昆虫为食的小山鸟，靠着它脚爪的特大号钩爪，头下尾上，倒立着沿着树干朝下走去，一面走，一面啄食昆虫。但是，现在它却时时挂在松果上叼取松子。令我好奇的是，它并不吃，而是把松子衔着，飞到旁边的大山胡桃树干上。更令我吃惊的是，它把松子藏在山胡桃树皮的裂隙里。

我猜测，茶腹䴓是把松子贮存起来，作为冬天没有昆虫时的粮食吧。

我观察到有四只茶腹䴓，就这样整天在一棵二叶松与山胡桃之间，来回搬运粮草，但有趣的是，我又发现山胡桃树干上躲着一个梁上君子——条纹松鼠。它竟然时时偷食茶腹䴓藏匿的松子，那些藏得太浅或隐秘性较差的，都会被它偷吃掉。

茶腹䴓贮藏松子的习性，以前还未曾有人发现，我算是第一个观察到的，我期待有人能更进一步去研究。

与二叶松子实差不多同时成熟的还有忍冬叶桑寄生的果实，这种寄生在阔叶树枝干上的植物，与红胸啄花鸟有非常密切的共生关系——它的果实是红胸啄花鸟秋冬的主食，小鸟吞食果实后，会把外层的果皮果肉消化掉，而排泄出种子。但这种子上有一层很黏的物质，使种子被排出时有时会黏在肛门四周。于是红胸啄花每隔一阵子，就必须在树的枝干上找一处干净的地方刮屁股。这样，桑寄生的种子就被擦黏在枝干上，并随即长出尖根，钻进枝干里。

忍冬叶桑寄生供给红胸啄花鸟食物，而小鸟则替桑寄生传播种子，彼此在生态习性上作了极佳的配合。

在这时节成熟的野果还有山枇杷、台湾荚迷以及虎爪天南星，后者的果实现出那种鲜红欲滴的色泽，还真令人垂涎呢。

十月下旬，到七家湾溪观赏台湾樱花钩吻鲑配对、筑巢，也是我在思源垭口工作时，不会遗漏的自然节目之一。

原本在思源垭口南向山谷的有胜溪里就栖息有这种世界上难得一见的陆封型台湾鲑鱼，一位住在南山村的泰雅族老人告诉我，大约在一九六〇年左右，他还在这溪里见过。

但是，后来有胜溪源头的森林被伐，导致溪水流量锐减，水温升高，再加上有胜溪两旁被开垦来种植高山蔬菜与水果，农药与肥料相继污染了溪水，从此台湾樱花钩吻鲑就不再出现于这条溪了。

我常坐在七家湾溪上游的吊桥上，俯看桥底浅滩上配对的鲑鱼。雌鱼常侧过身来，用尾巴扇动溪底的泥沙，让溪水将泥沙带走，使溪底现出一个以小砾石为底的碟形巢，它就把鱼卵产在巢中的砾石下……

台湾樱花钩吻鲑是鲑鱼类分布的最南限，也是冰河期孑遗的台湾鱼类，是台湾自然生态史的活见证。近年虽然学者积极要保护它，但它的栖息环境却继续恶化，鲑鱼的数量也一年少于一年，祸首就是属于当局的武陵农场。如果有一天它不幸在我们这一代人手里绝了种，我们这一代人都有罪，而当局则罪加一等。

上图 白头翁以浆果为主食,当忍冬叶桑寄生果实成熟之际,它也来掺一脚。但毕竟这果实太黏了一点,白头翁很少多吃。

下图 绿鸠以原始阔叶林为主要活动场所,自平地到海拔2500米高之处都有分布,常成群活动,为台湾特有亚种,其"呜—哇—呜—"的鸣声让人难以忘怀。

左页上图　花雀主要分布在西伯利亚一带，入秋时向南迁移，其中有些来到台湾过冬。喜欢在灌木林、森林边缘活动，以浆果、谷类为食。

左页下图　红胸啄花鸟是一种体型娇小的鸟类，常啄食花中之蜜或昆虫，亦食浆果，它与桑寄生之间产生了有趣的共生关系。图中其脚下黏一串桑寄生之种子，为此共生作一最佳注解。

上图　茶腹鸸的脚爪大而有力，爪能扎伸入树皮裂缝中，是台湾地区唯一可以沿着树干，头朝下直走下去的鸟。通常在森林的中上层活动，为留鸟。虽然以捕食昆虫为主，我却拍到它正在叼运松子。

左图 虎爪天南星的果实入秋之后红熟了，映现出鲜红欲滴的光泽。

下图 樱花钩吻鲑在秋天产卵，雌鱼在浅滩底筑巢，雄鱼等待一旁，准备随时授精。这种珍宝级鱼类的数量年年降低。当局不去维护溪流的生态环境，却花大把的钱去复育，这种本末倒置的情形正是台湾自然生态越来越差的原因之一。

右页图 七家湾溪秋水正蓝，秋叶正红。只有这样干净冷凉的溪流，樱花钩吻鲑方能存活。只可惜，两岸的武陵农场的菜圃至今仍在摧残这条溪水。

【立冬】

　　随着日子逝去，落叶树种的叶子变色的部位拓宽了，色彩加浓了。到了十月底，最敏感的青枫率先换上了一身红装，特别是那些矗立在岭脊上、或向阳山坡上日照格外充足的青枫，总像是那些领导流行的模特儿，在以山搭建的伸展台上，向着底下的千木万树，示范着新装的式样与色彩，而思源垭口一年中最多彩多姿的季节也就此展开了。

　　伴着十一月的降临，红榨槭、尖叶槭、青枫、香榆、榉木、栓皮栎、山胡桃、食茱萸，纷纷忙着上妆，准备演出一出秋之大戏。这些在春天没有美丽千花来装饰的大树，到了秋天，它们把春天的遗憾，一股脑儿全化做满满一树千千万万片比春花更艳丽的彩叶来宣泄、来补偿。深红、猩红、酒红、鲜红、粉红、朱红、橙黄、金黄、柠檬黄……

　　随着时日的推移，天空更加湛蓝，云朵更见雪白，彩叶愈来愈多，彩度愈加秾丽，一幅色彩丰富饱满的油画呈现了。完全不同于四月那用水彩与水墨渲染的春景，秋景是如此的明亮多彩。

　　金风启动，风力日增。在秋风过处，黄叶三三两两地飞舞飘落，然后是落叶缤纷，地面的叶片每天增多。到了十一月中旬，

上图　金风启动，落叶缤纷，在树底、在地面，一张色彩深浓的东方地毯逐渐织成。这是思源垭口迎接秋天所铺陈的珍贵地毯，是一年中生命最高潮的时辰。

右图　尖叶槭穿上一袭黄袍，享受它一年中最闪亮最多掌声的一段美好时光。

左页图 青枫是思源垭口对秋最敏感的树种，总是率先粉墨登场。红得发亮的树叶，激起了大家的热情。它立在秋阳穿透的山脊上，好像烈火燃起，吸引了所有的眼光。

下图 随着秋步的轻移，天空愈加湛蓝，云朵更见雪白，彩叶愈来愈多，彩度也更加秾丽。一幅色彩丰富饱满的山林油画呈现了。

它已织成了一张色彩深浓的东方地毯。我想,这是思源垭口为迎接秋神所铺陈的珍贵地毯,是一年中生命最高潮的日子。

在这思源垭口秋意日浓的时光里,我的情绪总呈现亢奋状态,夜深了犹常无睡意。我百思不得其解,翻阅年轻时的日记,才知道这是老毛病:年轻时每年秋天都会发作的秋疾——总想在短暂又美好的秋日时光中,保持清醒而不舍睡去,只因为每一刻都这样宝贝,好像只要一旦入睡之后,秋就会不告而别。那年的日记我这样记着:

黄叶萧萧中,

光阴突然变得更加宝贝;

落叶缤纷里,

生命也觉得分外地珍贵。

在思源垭口曼妙的秋日里,我又升起了无限的往日情怀。光阴尽管逝去,年华亦将渐老,也不复年少轻狂,但那浪漫的情怀却丝毫未减。我依然如当年那样珍惜秋日时光中的每一分每一刻。

依稀记得少年时写的秋歌,仍如昨日,依旧在我耳边轻绕:

我心轻快,

我意陶醉;

不必展翅,

也能高飞。

只要一阵秋风吹来,

我就可以乘风而起,

飞到九霄云外。

在思源垭口每吹过一阵秋风之处,我常会嗅到食茱萸特殊的如香似臭的气味。这种浓烈的味道让古人认为食茱萸必有避邪的功用，因此它成了中国往昔重阳节重要的应景植物。

现在食茱萸的黄叶飘落了，带着扑鼻的气味，有时还挟着一穗子实，那子实的气味较之叶片更为袭人。我拾回一把种子放在书房，每次只要我触动了它，那特殊的香气立刻充满房间。我也常用它来考考访客的鼻子，让他们神游一趟味道的回忆与联想之旅。

正当秋叶如火如荼之际，四种难得的秋花也怒放了。紫红色的铁线莲在灌木上攀缘开花，那四片紫红花瓣，好似吊灯一般，使灌木沾了不少光彩。

开黄花的蔓黄菀，在正落叶的大树前，或者在偶尔涌来的薄雾里，开着成串成束成簇的无数黄花。

另一种是台湾八角金盘，在林缘溪畔吐出了颗颗球状的淡色花朵。这种被中国大陆列为台湾稀有植物的台湾八角金盘，在思源垭口可以说多得泛滥了。

最后一种是撑着如伞巨叶的通草，现在从丛状的叶顶涌出了如喷泉般的淡色花穗，好像大自然园丁特别用高高低低、素雅的盆花，来点缀这过度彩色的思源垭口山谷。

左页上图 台湾八角金盘终于开花了。它有自知之明,不想用这么淡素的花朵跟春花夏蕊相争,却选这花意已失的季节出场,来博得一番喝彩。

左页下图 蔓黄菀开着成串成簇的小黄花登场,也许难以和如火的秋叶比艳,但在逐渐增多的薄雾里,却有一番不同凡响的美丽。

本页上图 开着紫红色花瓣的铁线莲,好似点亮的吊灯一般。

本页下图 山胡桃是害羞的树种,常常来不及换装就落了,退场了。只有那些有耐心的,直等到由绿转黄才匆匆出场,虽然稀疏却也增添了秋意。

【小雪】

秋的脚步从高地向低处行去,所以树叶的转红也是打高处的树木开始,而叶片掉落也是依此顺序。但有些较敏感的树种像山胡桃、臭椿、食茱萸往往在十一月中旬已枝枯桠秃,而进入十一月下旬,那些先变色的叶片,也纷纷离枝飘零了。

当一棵树的叶片色彩达到它的饱和,也就像月亮到了十五夜一样,开始逐夜凋零。跟春天逐日吐芽展叶、体态日益丰盈相反,它是一天比一天消瘦苗条。

也有些较迟钝的树种,以及因太阳偏南而照不到阳光的乔木,还有海拔较低长在山谷底下的大树,到了十一月下旬才急忙变色,或红得发紫,或黄得发亮。

在思源垭口山谷底下海拔1500米的山坡上以及南向山谷海拔1900米的地方,有几棵大枫香。这大概是枫香所能生长最高的地方了,因为过了海拔2000米,我就没有发现枫香的踪影。现在这几棵大枫香满树的叶片全变成橘红色或金黄色。在秋阳照耀下,好似油画般亮丽,让人驻足欣赏而不忍离去。

但秋天总如此短暂,就像明媚的春天一样。我常想:在两极端之间,总有一段缓冲的美好。春秋正是夹在燠热湿闷、雷

当一棵树的叶片色彩达到它的饱和，也就像月亮到了十五夜一样，开始逐夜凋零。跟春天逐日吐芽展叶、体态日益丰盈相反，是一天比一天消瘦苗条。

全台湾最美的枫香就在思源垭口,见过它在其他季节的景况,在深秋天里,我再次瞧见它,这一树金黄带橙的彩叶,真的是让我惊艳了。

声暴雨的溽夏与凄风苦雨、寒意彻骨的严冬间的一段美好时光，只是时间短暂得令人伤心与无可奈何。

现在每一阵秋风都要带走一群缤纷的彩叶，它令我生起许多的遐想：有时我觉得每一片落叶都是大树亲吻秋风留下的唇印；有时我又觉得大树正在编织厚厚的彩色地毯，为秋的离去而准备了一个盛大的送行。只是它不免带给我一股淡淡的俗世的惆怅，虽然已不再像少年时那样多愁善感，但当年写下的小诗，却依然激动了我的心弦：

秋不告而别，

不带走什么，

又似乎带走什么；

我轻轻叹息，

只因秋来又秋去，

秋却带走年华，

无处觅。

少年时担心秋的骤然消逝，也许是害怕那沉寂而又漫漫的寒冬吧。其实秋日的灿烂，正是生命的回光返照，让一切事物在结束前有一段发光的高潮，好使一切的结束没有遗憾。

随着十一月的远去，思源垭口的黄叶、红叶慢慢落尽了，铺盖地面的彩叶亦已干枯而黯然失色，寒意日复加深。清晨时分，那些最后落地的彩叶上，已经白霜轻覆，大地一片寂然。我内心难免有些许伤感，但想想冰雪覆林的景致亦有另一番沉潜单纯的美，我也期待它来洗净那些生活中偶尔积存的忧郁与执著，也许在寒冬中更能感受、欣赏阳光的美丽可爱，也更能让人感情冷静、头脑清醒。

左页上图 通常十一月总是秋意最浓的季节,仿佛云贵高原上一年中最重要的赶集日般,各少数民族全把各族最美的衣服穿上了,现在思源垭口的各树种也全着上了最多彩多姿的秋装……

左页下左图 到了十二月底,彩叶逐日快速凋零减少。高潮戏已经演过,群众亦纷纷散去,森林就这样逐渐荒寂下来,一年的岁月也快尽了。

上图 落下的彩叶好像脱下的戏服叠在一起,只要几阵风雨,大自然就会将它收拾而去,能"生时丽如春花,死时寂如秋叶",不只没有遗憾,还颇有诗意。

左图 高地的寒意日胜一日,然后秋霜轻覆,为最后的彩叶献上无比的敬意。只有最真挚的生命,才值得大自然如此相待!

左图 彩叶逐渐为秋风吹落，大树的身影也一天一天消瘦、单薄。

下图 大树叶片落尽，金阳与秋霜直接作用于树干上的附生植物，使它们也变枯黄了。

冬 息

【大雪】/【冬至】/【小寒】【大寒】/【立春】【雨水】

黄叶早已落尽
枝丫如枯似亡
大树进入深深的睡眠
蓄积着
生命另一次迸发的能量
瑞雪随大雾漫天飞舞
森林一片粉妆玉琢
大树浑身尽是冰雕
一年中最酷冷的日子
我感觉到春天的脚步近了

【大雪】

时序入冬,思源垭口的落叶树差不多已落得一叶不挂了。

从孟春以来,一直为繁叶所遮蔽的肢体,现在完全暴露出它的肌理,展现了它们的万千姿态。有的似力士般壮硕,有的如侠士般飘逸,有的又像老道的苍劲,若老僧的入定,有的仿佛虬髯客的豪迈,有的可比飞天的婀娜,有的赛过西施的柔弱,而有的又像杨贵妃般的丰盈……

在思源垭口,因为气候、地形的多变,大树把所有可能的姿态全都摆了出来。尤其当雾沉落在树林中,把树干枝叶间的距离拉出来,使树变得更庞然更有立体感,并且使树木生动起来,甚至使大树变得神秘、传奇,更激发人的灵感与想象力。

停滞的雾把每一棵大树的个性,分别描了出来,让人更清楚地看到枝条的变化,树干的姿态。

当阵阵飞蹿的雾,如急流淹过群树,那排排变幻的树影有如魑魅魍魉若隐若现,然后又倏然消失在急涌而至的浓雾中。

当飞雾又渐淡时,众树的剪影又如鬼魅般张牙舞爪地出现,似群魔乱舞,又像群妖狂奔。

在冷高压回流之际,思源垭口出现了难得清明的日子,这些影像极尽清晰的大树，又以其令人欣赏不尽的姿态远远近近地展现出来，这常让我兴起为每棵大树拍照的念头。

当然我做不到，不过那些变化万千的树影树姿却深印我的脑海中。它们常在我回到都市人群中时，为我提供心灵避烦的地方，而且距离如此之近，我可以迅速逸入这片神奇的思源垭口树林里。

一九九三年年底，我无意中在新竹市东门一个非常别致、叫做迎曦坊的咖啡画廊，观赏了善画树木的画家薛恒正的油画展，他在画册的序里这样写道：

"在万物中，我特别喜欢用树木做题材，因为无论是形态或颜色，树木均因风雨、光线、季节的不同而变化万千。可以是愤怒、悲伤，也可以是喜悦、欢欣，更可以是各种感情的交集。"

从这段话里，我知道这位画家是一位真正懂得欣赏树的人。虽然我们素昧平生，但我想我们是可以神交的朋友，因为我们都是大树的知己。

有些大树的枝丫密如虬髯，壮硕的躯干只有这时方能一见。每棵大树各有千秋，各有个性，令人观赏不尽。

左页图 现在大树落尽了叶片,完全展露出它的肌理,直挺挺的大树干、有劲的臂膀,在涌动的雾中,好像力能拔山的壮士。

右图 当雾沉落在树林中,雾把树干枝叶间的距离拉出来,使树变得更有立体感,并且使树木生动起来,甚至使大树变得神秘、传奇,更激发人的灵感与想象力。

下图 当阵阵飞蹿的云雾,如急流淹过群树,那排排变幻的树影有如魑魅魍魉若隐若现,然后又倏然消失在急涌而至的浓雾里。当浓雾又渐淡时,众树的剪影又如鬼魅般张牙舞爪,似群魔乱舞,众妖狂奔。

【冬至】

　　白昼愈来愈短，气温也愈低了。大部分的树现在都如枯如槁，那些平常被这些阔叶树抢去风头的针叶树，反倒有了出场的机会。云杉、香杉、铁杉、二叶松在山岭上成排成林地现身，我可以从姿态来分辨它们的种类。

　　笔直高耸入云的是云杉，它的分枝整齐均匀，主干上下粗细差异并不很大。二叶松虽然姿影近似云杉，但主干与分枝的粗细差异大，有松的感觉。香杉的主干壮硕有如猛将的威武，铁杉则姿态优美，树干多分岔。其实我用树的形影体态来分辨树种虽然不是百分之百的可靠，因为世间物总有例外，但我一直不愿像植物分类学家那样从花朵构造来辨别树种。他们是研究树木的学者，而我是树木的朋友。无论树是不是在开花季节，即使在叶片落光的季节，我凭直觉也可以认出它来。

　　如果我给它们的名字与学者给的不一样，也并不成为问题，因为我给的名字比学者给的更富美感、更有想象力，而且更亲切。只有老朋友才能取这样贴切的名字，如果树的回答有人听得见，树必然喜欢我取的名字。就是一般没有分类学知识的读者，也能很快地从我的描述中认出它们来，因为我不只叙述形貌及其变化，还把它们的个性说得清清楚楚……

有些在春天没有繁花、在秋天也无彩叶的大树，在它的树叶落尽之后，却出人意料地，用一树比春花秋叶更亮丽诱人的果实，来弥补当时的憾恨。在这万木枯寂的冬日里，它们成了受瞩目的主角。其中最是出色的要属山桐子。

山桐子的叶片在秋天不怎么变色，只是把深绿褪成淡绿。而叶子的凋落也比其他树种晚，可是它的大叶子一旦落尽，立刻展现了那原本为叶子所遮掩的串串鲜红果实，比黄花红叶还要艳丽动人。尤其是在晨雾与朝阳玩捉迷藏游戏时，每一颗红果底部都凝结了一滴由雾聚成的闪亮水珠。

当阳光穿过薄雾照射在湿漉漉的果实与水珠上，千万粒果子都闪烁着光芒，呈现了鲜红欲滴的美丽诱惑。仿佛大自然故意选在这木枯草槁的沉寂时刻，展示它的神奇。

艳红如仙果的山桐子，吸引许多野生动物前来采食，我见过的有赤腹松鼠、条纹松鼠、白耳画眉、五色鸟、黄腹琉璃鸟、赤腹鸫……白耳画眉与五色鸟常常在啄食山桐子前，把它衔在嘴尖一会儿，好像舍不得吞下去。我最喜欢捕捉这一刹那的镜头，那情景就像鸟儿涂了胭脂似的。

玉山假沙梨的果实也到了红得刺眼的成熟时刻，我在附近架起了相机，拍摄应邀而来捡拾落果的条纹松鼠、金翼白眉以及褐头花翼画眉。

珍稀的湖北海棠也在这寒冷的季节里，在那枯寂的枝条上，挂起了一串一串晶莹可爱的彩色小果实，整天都有些娇小的雀鸟在那里活动。

我常常想，思源垭口的森林树种庞杂，每个季节都有不同的果实、种子成熟，即使在这寒冷萧条的冬季里，这里的各种野生动物依然不缺食物，这正是大自然、原始森林的奥妙之处。可是人类却没有从中学习到生态平衡的智慧，总是只把森林当做生产木材的地方，至于防洪、水源涵养、调节气候、休闲、教育等功用却常视而不见。也总在砍伐森林之后，只栽种认为符合人类经济需求的单一树种。这种单一树种的人造林，从此失去了杂木林的防虫、防病、阻火的功能，而大部分的野生动物也因季节性食物的缺乏而饿死或被迫迁徙。只有少数几种特殊动物，例如松鼠、飞鼠，能在这人造林缺少食物的季节中，以啃食树皮维生。但它们啃树皮求生却又造成树木大量枯死。

　　由此可知，原本无害的野生动物，在人类破坏自然生态平衡后，竟变成了有害的野生动物。

冬 息 /137

大部分的阔叶树都落叶了，那些原被这些树抢去风采的针叶树，终于有了出场的机会。

上图 当阳光穿过薄雾,照射在山桐子串串湿漉漉的红果与水珠上,千百粒果子都闪烁着光芒,呈现了美丽的诱惑。

右页图 香杉又名峦大杉,笔直粗壮,有如猛将一般威武。最有名的一棵香杉是中横公路上的碧绿神木,树龄高达3200岁。

左页上图 湖北海棠的花十分的高雅，它的种实也极为玲珑可爱。

左页下图 铁杉的树形最为优美，枝丫分叉较多，高可达四五十米，是目前台湾地区面积最大的纯林。

上图 玉山假沙梨为蔷薇科常绿小乔木，又名夏皮楠，果实为球形梨果。每届秋冬，果实红熟，串串红果颇为壮观。

左图 白耳画眉衔着红熟的山桐子,好似舍不得吞下。也许它知道应该先好好欣赏一番吧!

下图 条纹松鼠灵巧可爱,常在山桐子树上与玉山假沙梨树下出没,可爱的模样、慧黠的眼神,总吸引着我的镜头。

右页图 黄腹琉璃鸟在冬阳穿透的枝干上,展现它最亮丽、最佳的配色。

【小寒】【大寒】

　　寒冷的东北季风，挟着湿气，溯兰阳溪，涌到思源垭口的北向山谷里，总是在此处形成茫茫冷雾以及阵阵寒雨。只有几个高压回流的日子才可以见到冬阳，看清如槁如死的森林。

　　几乎整个严冬里，思源垭口北向山谷都处在阴湿中，这漫长的湿季正适合那些附生植物的生长。树枝、藤条都挂着彩带般的松罗，树干上则长满了苔藓、地衣与羊齿。每一棵大树的树干都为这些附生植物所包被、覆盖，形成北向山谷里的森林如雨林一般的丰富与神秘。

　　正当垭口北向的山谷沐在茫茫寒雨白雾中的时候，在分水岭的另一边，仅仅一线之隔的南向谷地却是晴朗干燥的典型中部冬日气候。这种分水岭两边两极的天气，也表现在植物的种类上。

　　于南向山谷分布极多的植物，在北向山谷里却完全找不到，或者数量奇少，如玉山悬钩子、小实女贞、胡麻花、台湾野薄荷、红毛杜鹃、细叶杜鹃、笑靥花、二叶松等。而北向山谷有的植物，在南向山谷毫无踪影的更是多得不胜枚举。就如山菊吧，它的生命力这样强韧，在北向山谷路旁遍处皆是，即使勉强跨过分水岭向南分布，也仅仅限于离分水岭两三百米以内，那些偶尔

漫长的冬湿环境正适合附生植物的生长，如松萝、苔藓、地衣、羊齿等，许多大树的树干为这些附生植物所包被，形成神秘的苔林。

左图 寒冷的东北季风挟着湿气,溯兰阳溪,涌到思源垭口,在这里形成茫茫冷雾或阵阵寒雨,只有在几个高压回流的日子才见得到冬阳,看清如槁如死的林木。

上图 白面鼯鼠在寒天里,露出等待春天的眼神⋯⋯

可以沾到被东北季风吹溅的湿气范围里。

当一波波强烈的北方冷气团，挟着浓浓湿气来到台湾时，思源垭口就要飘雪了。湿气随着东北季风沿兰阳溪上溯，到了思源垭口北向的陡峭谷地，为地形所迫而迅速上升高空，一遇到上空的强烈冷气，湿气立刻化做雪花、雪片落下。而这也是为什么思源垭口海拔不过1400至1900多米，却有不少的下雪机会。这情形在亚热带可是非常稀奇、难得。如果湿气充足，冷气团够强，即使海拔只有1000米的南山村，甚至800米的四季村，也要普降瑞雪了。

当思源垭口飘雪时，因为风向的关系，也会有一些雪飞溅到南向的谷地，但也不过跨越几百米而已。能落到两三公里外的胜光已算难得，除非是大雪漫天的时候，这种被强风吹越垭口的雪会飘到数公里之外的武陵农场，例如一九八六年二月底那一场晚雪，就使得武陵农场变成难得一见的银色世界。

一九九三年元月十六日下午的一场大雪，从四季一直到武陵农场都为白雪覆盖。思源垭口的山谷更是厚雪封路、人车不行。这是一九八六年以来最大的一场雪，许多树枝被厚雪扯裂、压断了。有些长在陡坡上的大树，由于树干斜伸或横长而被大雪压垮了。

那棵虽老却犹风流的昆栏树，也在这场大雪中倒了，结束了它浪漫的一生……

这场大雪从十六日下午一直下到十七日清晨才打住。十七日下午忽然吹来暖风，不但在思源垭口形成漫天大雾，也使树上的积雪开始慢慢融化。

到了傍晚，暖风停了，雾散了，气温急遽下降，那些树枝上的融雪受冷而结冰。到了十八日清晨，思源垭口成了冰与雪的世界。树枝全变为剔透晶莹的冰雕，成了冰枝冰桠，山谷上下一片粉妆玉琢。可惜天亮前，白雾又涌了起来，使许多来赏雪的人无缘见此难得美景。

十八日早上，我发现八角金盘初熟的球果，整球为冰所裹而成了冰花。我也看见一群白耳画眉在通草串串被冰包覆的干熟朔果上，嘴爪并用地挖开覆冰，啄食其中的种子。即使在这样酷寒的冰天雪地里，奥妙的大自然并没有忘怀那些野生动物，依然用它巧妙的方法为动物们准备了食物。

这使我深深感动，让我多少领悟了圣经上说的："天上的飞鸟并不耕作，但上苍仍为它们预备了食粮。"

雪天的雾常在深夜里散去，这时积雪的森林显得有一种出奇的幽美，尤其是明月高照的时候，水银般的月光受雪地的反射，显得分外明亮。

这时，森林大树横干上的积雪，从稍远处望去，好似白莲在灰黯蒸腾的水中冉冉升起绽放，使我有"何似在人间"的感觉。

酷冷把空气冻结得纹风不动，所有的声息似乎也为严寒所凝结，大地幽静得似在月球，如在洪荒。这时我会想起那些夜行动物，它们在这样的寒夜，大概也会因为太冷而不想出门吧。

那些日行动物此时又宿于何处？那些夏夜活跃在山谷的两栖爬虫类，此刻正处于一年中冬眠最深沉的时候，就像那些秃枯如死的大树，正处在另一次生命大迸发之前的休息。可是在同一时刻，却有那样多的人类，出没在都市丛林中，在灯红酒绿里，进行着耗损生命与活力的活动。

我发觉，生活离大自然愈远的生物，通常愈会变得畸形而缺少生命力，像金鱼、京巴犬、玫瑰……这些生物一旦失去人的照顾，注定会很快地灭绝。而人类当中，正有许多让自己的孩子长期过着一种宠物式的，一种日渐失去生命力的生活。他们的眼力、牙齿、体力、耐性都极差……

左页上图　通草成串成穗的种实,为冰所包裹,我看见过白耳画眉嘴爪并用地挖开冰层,啄食其中的种子。

左页下图　因为冷热急剧的变化,树枝上遇阳光与暖风而慢慢融化的雪水,到了夜晚受冷而结冰,树枝全变为剔透晶莹的冰雕,成了冰枝冰桠,山谷上下一片粉妆玉琢。

上图　白雪积在大树横干上,好像为大树的身形加了白边。

树木横干上的积雪与
附生于横干上的苔藓
相映成趣。

【立春】【雨水】

　　冬雪化做溶溶春水，有的汇入兰阳溪里，有的流进大甲溪里。下游饮水的人是否知道他们解渴和赖以为生的水来自哪里？

　　他们知道饮水思源吗？

　　有人关心过这片为我们涵养水源的森林吗？

　　就在这分水岭附近，往上行去不过几十米，往下走去不过几公里，滥垦像皮肤癌一般四处蔓延。私挖的道路如带状疱疹般窜行，林地在人类贪婪短视的暴力下，被鲸吞蚕食。事实上，这里仍留在拓荒的时代，停滞在无政府状态。

　　我常觉得，台湾当局所管辖的地区只在海拔300米以下。

　　每年，我站在合欢东峰朝雾社望去，那些种植高山蔬菜、高山茶的垦地，像火一般逐渐蔓烧开去，森林每年都消失一大片，这情形在合欢溪、松泉岗、南横东段、北横中段……年年上演。至于林业主管部门，自从被令停止砍树之后，似乎从此自山林销声匿迹了，只有在那些有门票、住宿费可以入袋的游乐区，才能感觉到台湾尚有林业主管部门的存在。就像罗东林管处所管辖的和平林道上，开采大理石的商人，越界超挖比他所申请的面积多十几倍的范围，他们竟推说不知，还需有关人员出面纠举。

原本积着霜雪的地方,现在山菊奋力茁长,不消几日已亭亭玉立,花蕊涌现。这些热情的山花,正无视于拖泥带水的残冷,忙着为春天的到来而挺长、开放。

当冬雪融尽，我看见许多小蜘蛛在枯草干枝间，结起了一张张可爱的小网，网上挂满了雾粒凝结的小小水珠，美得令人屏息，我知道是冬去春来的时候了。

原本积着霜雪的地方，现在山菊奋力苗长，不消几日已亭亭玉立。这些热情的山花，正无视于拖泥带水的残冷，忙着为春天的到来而挺长。

相对于自然的多情，我为人类的无情感到悲哀。我在山菊沿路初开的新花相送下，在第一场春雨绵绵里，顺着公路盘旋北下，思源垭口的美景完全隐身在雨雾中，仿佛它不曾存在过。

当我经过那些坍塌地、滥垦地、流失地，不禁悲从中来，一股无可奈何，一种深沉又无力的失落感，将我的热泪狠狠击落。我摇下车窗，让仍具十足冷意的春雨，洗去脸上的泪水，冷却我心头难以抑制的悲愤。